海と生きる

「気仙沼つばき会」と『気仙沼漁師カレンダー』の10年

唐澤和也

集英社

写真_藤井 保「Kesennuma Fisherman Calendar 2014」Photo by Tamotsu Fujii

写真_浅田政志「Kesennuma Fisherman Calendar 2016」Photo by Masashi Asada

写真_川島小鳥「Kesennuma Fisherman Calendar 2017」Photo by Kotori Kawashima

写真_竹沢うるま「Kesennuma Fisherman Calendar 2018」Photo by Uruma Takezawa

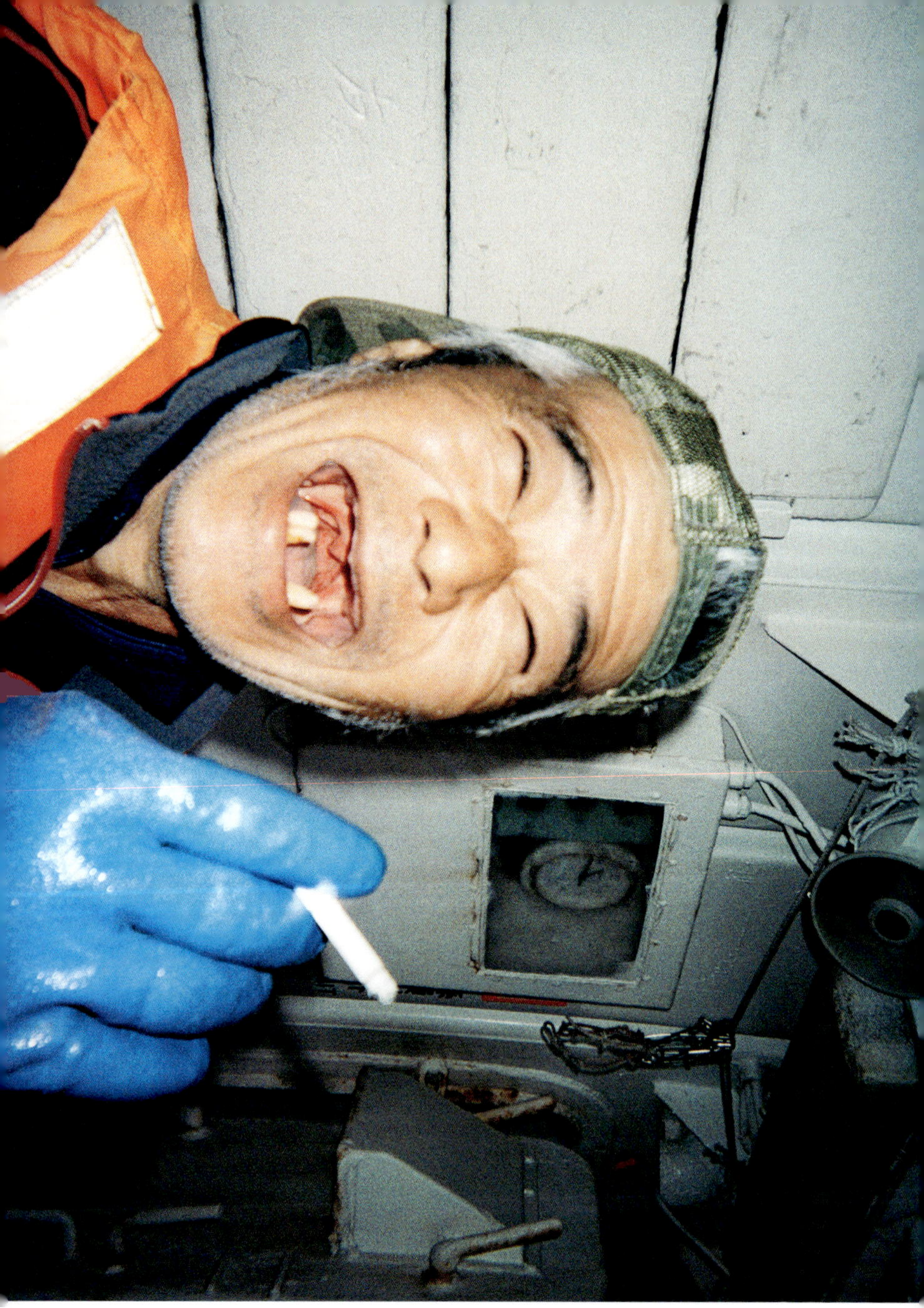

写真_奥山由之「Kesennuma Fisherman Calendar 2019」Photo by Yoshiyuki Okuyama

写真_前 康輔「Kesennuma Fisherman Calendar 2020」Photo by Kosuke Mae

写真_幡野広志「Kesennuma Fisherman Calendar 2021」Photo by Hiroshi Hatano

写真_市橋織江「Kesennuma Fisherman Calendar 2022」Photo by Orie Ichihashi

写真_公文健太郎「Kesennuma Fisherman Calendar 2023」Photo by Kentaro Kumon

写真_瀧本幹也「Kesennuma Fisherman Calendar 2024」Photo by Mikiya Takimoto

『気仙沼漁師カレンダー』10年のアーカイブ

2016

浅田政志 Masashi Asada

表紙の写真です。宮崎県の漁師・川越飛翔さんが「危ないよ」と教えてくれながらロープを投げた瞬間を撮影できました。普段の僕の仕事はセットアップ写真と呼ばれる演出を加えることが多いんですが、この時は一発勝負。「もう一度投げてください」との演出なしだったのに（撮れた！）と手ごたえがありました。いま見てもすごくいいです。

PROFILE_1979年、三重県生まれ。2009年、写真集『浅田家』で第34回木村伊兵衛写真賞受賞。2020年、映画『浅田家！』（二宮和也主演）公開。同年に写真集『浅田撮影局 せんねん』『浅田撮影局 まんねん』刊行。

AD_小板橋基希（akaoni）／ **編集・文**_唐澤和也（Punch Line Production）／ PD_竹内順平（BambooCut）／ **制作**_BambooCut ／ **印刷**_三陸印刷株式会社

2014

藤井 保 Tamotsu Fujii

悩みましたが、1月掲載の写真です。理由は、写真として一番力強く撮れた気がするから。「大漁看袢」を着た若いふたりの漁師の立ち方をはじめ、拳の握り方、視線、すべてが決まっている写真となりました。そして青空に2羽のウミネコがいるという偶然。『気仙沼漁師カレンダー2014』でやるべきことができた一枚です。

PROFILE_1949年、島根県生まれ。1976年に藤井保写真事務所を設立。『ESUMI』『ニライカナイ』『AKARI』『カムイミンタラ』『THE OUT LINE見えていない輪郭』（共著）など、写真集・著書多数。

AD_吉瀬浩司 ／ D_引地摩里子 ／ **編集・文**_笠原千昌 ／ PD_坂東美和子、荒木拓也 ／ **制作**_株式会社　サン・アド ／ **印刷**_株式会社日光プロセス

2014年版から2024年版まで全10回刊行された『気仙沼漁師カレンダー』。
10人の写真家の紹介と、「すべてのカットが好き」というなかから
あえて今回選んでもらった１枚の写真（P2～11）の理由をコメントで。

2018

竹沢うるま Uruma Takezawa

漁師は写っていないのですが、表2に掲載したこの一枚を。この海がすべてをのみ込んでしまったとも言えるのですが、それでもこの海といっしょに生きていくんだという決意みたいなものが、海に浮かんでいたこの旗に込められているように感じました。個人的には〝漁師を撮らなきゃ〟ではなく、無心でシャッターを切った一枚でもあります。

PROFILE_1977年、大阪府生まれ。2004年よりフリーランスとなり、写真家としての活動を本格的に開始。『Walkabout』『旅情熱帯夜』『BOUNDARY』など著書多数。これまでに訪れた国と地域は140を超す。

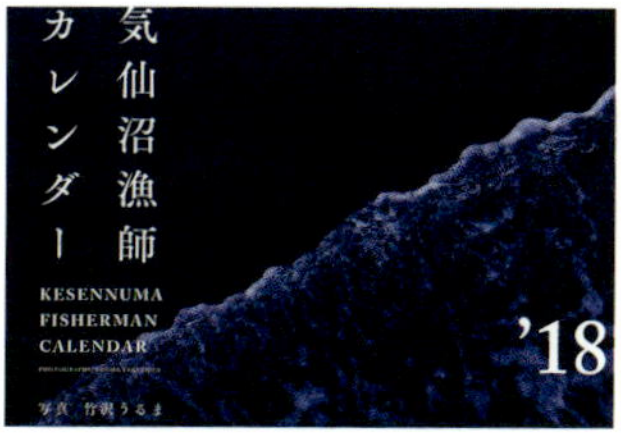

AD_北田進吾 ／ 編集・文_唐澤和也（Punch Line Production）／ PD_竹内順平（BambooCut）／ 制作_BambooCut ／ 印刷_三陸印刷株式会社

2017

川島小鳥 Kotori Kawashima

10月掲載の写真です。とてもかわいいと思いながら撮影しました。ワカメとホタテ養殖業の漁師・小野寺正俊さんだったんですが、休憩中にお団子を食べていらして。そのまま自然な流れで撮った一枚です。掲載写真のセレクトは、基本的にデザイナーさんに任せたのですが、この一枚だけは載せてほしくてお願いした記憶があります。

PROFILE_1980年、東京都生まれ。沼田元氣に師事し独立。2006年の『BABY BABY』で第10回新風舎·平間至写真賞大賞を受賞。2015年の『明星』で第40回木村伊兵衛写真賞受賞。『未来ちゃん』ほか写真集多数。

AD_米山菜津子 ／ 編集・文_唐澤和也（Punch Line Production）／ PD_竹内順平（BambooCut）／ 制作_BambooCut ／ 印刷_三陸印刷株式会社

2020

前 康輔 Kosuke Mae

難しかったですが、一枚だけなら、12月の菊地敏男さんというワカメ養殖業の漁師さんです。仕事終わりで一服されていたんですけど、おいしそうな表情、深く刻まれた皺の一本一本までがかっこいいなぁと感じました。菊地さんはマグロ船の船頭まで勤め上げた方で、漁師としての歴史がこの皺にも刻まれているのだと思います。

PROFILE_1979年、広島県生まれ。2002年から雑誌や広告を中心に活動を開始。弘中綾香『ひろなかのなか』田中圭『R』など数多くのヒット写真集を手掛ける。自身の写真集として『倶会一処』『New過去』がある。

AD_畑ユリエ **編集・文**_唐澤和也（Punch Line Production）／ **PD**_竹内順平（BambooCut）／ **制作**_BambooCut ／ **印刷**_三陸印刷株式会社

2019

奥山由之 Yoshiyuki Okuyama

11月掲載の笑顔の素敵な漁師さんを。漁師さんは我々と野性度が違うというか〝漁師という名の別の生き物〟との感覚があったのですが、この撮影時はちょっと違ったんですよね。同じ生き物同士というか、ちゃんとつながりあっているのが写真からも伝わってくる。自分の写真集『BEST BEFORE』にも掲載させていただきました。

PROFILE_1991年生まれ。2011年、『Girl』で第34回写真新世紀優秀賞受賞。2016年『BACON ICE CREAM』で第47回講談社出版文化賞写真賞受賞。『flowers』『windows』など著書多数。映画監督作に『アット・ザ・ベンチ』など。

AD_黒田益朗（kuroda design）／ **編集・文**_唐澤和也（Punch Line Production）／ **PD**_竹内順平（BambooCut）／ **制作**_BambooCut ／ **印刷**_三陸印刷株式会社 ／ **協力**_写真スガワラ

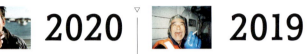

2022

市橋織江 Orie Ichihashi

気仙沼の御崎神社で撮影した8月の写真です。具体的なテーマをもたずに始めた撮影だったのですが、決定的な瞬間を狙ってはいたんです。でも、ある時（なにげない瞬間でもいいのかもしれない）と思えて、この写真はまさにそういう一枚かなと。ただ、偶然写っていたのはすごい方で、カツオ一本釣り日本一の森下靖さん（写真右）でした。

PROFILE_1978年、東京都生まれ。2001年、独立。『PARIS』『サマー アフター サマー』（外山夏緒との共著）など著書多数。映画やCMの撮影監督としても活躍。2013年、ACC CM FESTIVALでACCゴールド賞受賞。

撮影助手_岡村隆広 ／ **AD**_外山夏緒 ／ **編集・文**_唐澤和也（Punch Line Production）／ **PD**_竹内順平（BambooCut）／ **制作**_BambooCut ／ **印刷**_三陸印刷株式会社

2021

幡野広志 Hiroshi Hatano

文章も担当させてもらったので、この漁師さんの物語も含め1月の一枚を。左手に使い込んだ吊り竿を持っているんですけど、実は友達から借りたものだったんです。〝漁師の休日〟というテーマで撮影をお願いしたのですが「お前らが頑張ってるから助けてやりたかった」と〝ヤラセ〟で協力してくれた尾形さん。素敵な漁師さんでした。

PROFILE_1983年、東京都生まれ。2010年から広告写真家・高崎勉に師事したのち、2011年に独立。『なんで僕に聞くんだろう。』『写真集』など著書多数。ワークショップ「いい写真は誰でも撮れる」も好評。

AD_吉田昌平（白い立体）／ **D**_田中有美（白い立体）／ **取材・文**_幡野広志 ／ **編集**_唐澤和也（Punch Line Production）／ **PD**_竹内順平（BambooCut）／ **制作**_BambooCut ／ **印刷**_三陸印刷株式会社

2024

瀧本幹也 Mikiya Takimoto

写真だけの掲載で一枚ならば11月の畠山菜奈さんとその家族です。気仙沼という場所で撮る意味は、やっぱり笑顔なんだろうなと思い、堂々としたポートレイトを撮ろうと決めました。この撮影の時は、「気仙沼つばき会」の人が盛り上げてくれて、畠山家のみなさんから自然と笑顔がこぼれて。夕陽のやさしい光も含めて心に残っています。

PROFILE_1974年、愛知県生まれ。1994年より藤井保に師事し1998年に独立。写真集『LAND SPACE』、書籍『写真前夜』など著書多数。『海街diary』(日本アカデミー賞最優秀撮影賞受賞)ほか撮影監督も多数。

撮影助手_服部真拓、大津裕貴 ／ **AD**_鈴木アユミ (pensea) ／ **編集・文**_唐澤和也 (Punch Line Production) ／ **PD**_竹内順平 (BambooCut) ／ **制作**_BambooCut ／ **印刷**_三陸印刷株式会社

2023

公文健太郎 Kentaro Kumon

1月の漁師、三浦四男さんの食事の場面を撮影させてもらった一枚でお願いします。食べること、生きることが伝わる一枚で、だからこそカレンダーの最初にもってきたかったのです。文章も担当したのでそこでも書いたのですが、「どうしたらこんな目になれるのだろう」。海が荒れて自宅で食事されている時なのですが、奥様の手料理でした。

PROFILE_1981年、兵庫県生まれ。1999年から12年間、ネパールに通った『ゴマの洋品店』で日本写真協会賞新人賞受賞。『耕す人』『暦川』『光の地形』『眠る島』など著書多数。2024年、日本写真協会賞作家賞受賞。

撮影助手_柳原美咲 ／ **AD**_神田彩子 (日本デザインセンター) ／ **取材・文**_公文健太郎 ／ **編集**_唐澤和也 (Punch Line Production) ／ **PD**_竹内順平 (BambooCut) ／ **制作**_BambooCut ／ **印刷**_株式会社ライブアートブックス

プロローグ

ふたりのてづいっつぁん

漁師町である気仙沼には、ふたりの〝てづいっつぁん〟がいた。

２０２４年２月のことだ。てづいっつぁんとは、漁師である小野寺哲《てつ》一《いち》の地元での愛称である。同じ人間がふたり同時に存在するなんて奇妙な話だが、気仙沼のあるところ限定で、たしかに、てづいっつぁんがふたりいるのだ。

そのことに気づいたのは、後輩漁師の山崎風雅だった。

１９５８年生まれ、漁師歴40年の小野寺は、『気仙沼漁師カレンダー２０２４』を自分の船「第53長栄丸」に飾っていた。ふたりにとっての職場に飾られたカレンダーは、見開きＢ３判の大きさで、その１ページに大きく写真が掲載されているのが特徴だった。

船に飾られたカレンダーの１月の写真では、大きなメカジキを抱える３人の漁師が笑っていて、「気仙沼らしくていいなぁ」と山崎も感じていた。ところが、２月になると何度も笑いをこらえないといけない瞬間が増える。２月の海の男が、いままさに目の前で魚を追いかけている、てづいっつぁんその人だったからだ。「第53長栄丸」の前に立ち、手には高級魚のサヨリをやさしく持ちながら、「船とは？」との問いに「宝物だっちゃ」と答えている。

山崎は、本人には言えない言葉を心の中でつぶやくしかない。

「てづいっつぁんがふたりいるよ。本物とカレンダーのてづいっつぁんが」

尊敬する先輩を笑ってはいけない。でも、リアルてづいっつぁんとカレンダーのてづいっつぁんのコラボレーションは、同じ船に乗って仕事をするその後輩だけが見ることができる、自然と口角が上がる風景だった。

「第53長栄丸」の例は稀だとしても、『気仙沼漁師カレンダー』はこの町に溶け込んでいる。

町の居酒屋やラーメン屋や喫茶店には当たり前のように飾られているし、病院の待合室の壁に貼られて患者たちの視線を集めていたりもする。それらのカレンダーは、もらいものではなく、店主や病院が購入したものだった。『気仙沼漁師カレンダー』を購入することで応援していた最大の支持層は、気仙沼の人々だった。

気仙沼だけではない。全国にもファンが存在し、暦としての役割だけでなく、写真集のような楽しみ方をしている人が多い。２０２４年5月、東京・表参道の青山ブックセンターでは、書店員推しの写真集コーナーで『気仙沼漁師カレンダー２０２４』が、ど真ん中に陳列されていた。さらに、東京・恵比寿の「東京都写真美術館」図書室には、全10作分の『気仙沼漁師カレンダー』が蔵書されており、自由に閲覧ができる。同図書室ではカレンダーの蔵書は異例なことであるにもかかわらずである。

なぜ、全国のファンは、写真集のようにこのカレンダーを楽しみ、「東京都写真美術館」にはカレンダーにもかかわらず蔵書されているのか。

それは、歴代の撮影担当者が、日本を代表する写真家たちだったからだ。

２０１４年版　藤井 保
２０１６年版　浅田政志
２０１７年版　川島小鳥
２０１８年版　竹沢うるま
２０１９年版　奥山由之
２０２０年版　前 康輔
２０２１年版　幡野広志
２０２２年版　市橋織江
２０２３年版　公文健太郎
２０２４年版　瀧本幹也

威風堂々という言葉が似合う、歴代10人の写真家たち。

その経歴を紐解いてみると、写真界の芥川賞と称される木村伊兵衛写真賞をはじめとして、日本写真協会賞作家賞、講談社出版文化賞写真賞、カンヌライオンズＧＯＬＤ、ニューヨークＡＤＣ賞ＧＯＬＤなどの受賞者がひしめいている。そして、彼らが手がけた『気仙沼漁師カレンダー』もまた、日本国内における「全国カレンダー展」で最高位の経済産業大臣賞を4度も獲得。さらに、その評価は海を越えて、欧州最大のカレンダー展である「グレゴール・カレンダー・アワード」でのBRONZEを受賞している。

そんな『気仙沼漁師カレンダー』には、注目すべき事実がふたつある。

ひとつは、この輝かしい受賞歴を誇る『気仙沼漁師カレンダー』をうみだしたのが、大手出版社などのノウハウと予算を兼ね備えたプロフェッショナルではなく、この道のど素人たちだったということ。

ど素人集団の名は「気仙沼つばき会」という。

地元の気仙沼で、旅館や民宿や商店の経営に携わる女将《おかみ》を中心として、2009年に発足した女性だけのグループである。多くが経営者でもある彼女たちにとってのカレンダーは、年末にもらったりプレゼントするものであって、作るものではなかった。

ではなぜ、彼女たちは『気仙沼漁師カレンダー』を制作しようと思ったのか。

きっかけは、2011年の東日本大震災だった。

海に面する、というよりも、海とともに生きてきた漁師町・気仙沼は、甚大な被害を受けた。

2024年版の2月で「船とは?」との問いに「宝物だっちゃ」と答えていた、てづいっつぁんこと小野寺哲一は、同カレンダーでこんな言葉を続けている。

「前の船は震災でやられて。漁に出ていた石巻で被災したんだけど、そのあと、何回探しに行ったべな。5回は行ったけど見つからなくてね。自宅も津波で天井が浮いてさ。家は自分で直したよ」

海で生きる漁師たちに「船とは？」と問うことは、彼らの人生について尋ねるのとほとんど同義だ。あの日、漁師たちもまた被災していた。にもかかわらず彼らは、いち早く海との共生をリスタートした。そんな漁師たちの生き様のようなものもまた、『気仙沼漁師カレンダー』には描かれている。

ふたつめの注目すべき事実は、『気仙沼漁師カレンダー』が営利目的ではなかったということ。「気仙沼つばき会」は、このカレンダーの売り上げで一切の収入を得ていない。写真家やスタッフとの打ち合わせ、撮影させてもらいたい漁師のセッティング、撮影当日の現場立ち会い、写真やデザインの確認、漁師や船の名前などを間違えぬよう文字校正、そして営業と販売活動。それらの仕事を、彼女たちは無給、すなわちボランティアとして向き合ってきた。本業が多忙だろうとも、どうにかして、意地でも時間を作って。

なぜそこまでして、彼女たちは、気仙沼の漁師たちを主人公とするカレンダーを作ろうと思い至ったのだろう。

２０１４年版から２０２４年版までの10作をもって、『気仙沼漁師カレンダー』は、その歴史に終止符を打った。それは、「気仙沼つばき会」が、はじめてカレンダーを作るぞと決めた当初からの願いだった。10年続ける、世界に届ける、と。

本書は、海の男である漁師と、その人たちを撮影した10人の写真家と、「気仙沼つばき会」という女性たちのドキュメントである。舞台となるのは、東北・宮城県気仙沼市。東京からこの地を目指した10人の写真家は、ある者は震災直後のこの町に7度も通い、ある者はマイナス60度の「魚倉」と呼ばれるマグロの貯蔵庫で震えてシャッターを切りながら、それぞれが感じる漁師と気仙沼を撮影している。ライターである私は、２０１６年版からの9作で１２０名を超える漁師と漁業関係者への取材を担当してきた。さらに、２０２４年2月から、10人の写真家と「気仙沼つばき会」の女性たちと漁師へのインタビューを重ねた。

『気仙沼漁師カレンダー』とは、なんだったのか。

すべては、２０１２年秋。ふたりの女性の会話から始まっていた。

目次

本書は書き下ろしです。
文中の敬称は略します。役職や年齢などは掲載年次のものです。

第1章

白い漁船

1

気仙沼のスーパーヒーローは誰ですか？

街頭インタビューでそう問われたなら、地元で暮らす人々はなんと答えるのだろう。

ヒーローといえば、やはりスポーツ界から選ばれるのが王道か。気仙沼出身のアスリートは、２０１５年のラグビーワールドカップで南アフリカを撃破した日本代表のプロップ、畠山健介が有名だ。２０１２年のロンドンオリンピック、フェンシング・フルーレ団体で銀メダルを獲得した千田《ちだ》健太もいる。年配の方ならば、秀ノ山《ひでのやま》雷五郎という江戸時代に活躍した横綱力士の名前をあげる人がいるかもしれない。どうしても相撲の世界に身を投じたくて気仙沼から江戸に出て、修練の果てに第9代横綱にまでなった豪の者である。

気仙沼のスーパーヒーローは誰ですか？

気仙沼で生まれ気仙沼で育った、ふたりの女性の答えは漁師だ。

斉藤和枝と小野寺紀子。斉藤の家業である「斉吉《さいきち》商店」は、他県から来た漁船が気仙沼で仕事をするため、乗組員の組織をしたり、船員の宿や食事の手配まで、よろず仕事全般を請け負う廻船《かいせん》問屋だった。「オノデラコーポレーション」は、気仙沼を母港とする漁船が使う餌を輸入販売したり、漁撈《ぎょろう》資材の販売を行っている。

小さな頃から海の男たちと深いかかわりを持つ彼女たちは、日常に漁師がいる生活が普通だった。漁師たちの言葉遣いは荒かったけれど、それもまた日常。なにを言っているのかわからない「別の言葉を使う人たち」も多かった。気仙沼には、日本全国から優秀な漁師が集まってきており、それぞれが使うお国言葉もまたバラバラだったからだ。

それでも、まだ子どもだった彼女たちが、漁師たちを怖いと思ったことはない。見た目は怖いが心根《こころね》はやさしく、獲れたての魚をわざわざお土産に持ってきてくれてドンと置いて帰っていくような、粋な人たちだったからだ。

斉藤は、自分たち夫婦の代で、「斉吉商店」を廻船問屋から気仙沼の海の恵みをいかした加工食品メーカーへと主軸を移すことに挑戦する。試行錯誤を重ねた「金のさんま」は人気商品のひとつだ。小野寺は親族とともに「オノデラコーポレーション」を発展させてコーヒー事業部を立ち上げた。気仙沼ではじめてカフェラテを提供した「アンカーコーヒー」である。海とのかかわりも以前と変わらず深く、彼女が担当しているオーシャン事業部では、水産物の輸出入業を営んでいる。

大人になった彼女たちは、漁師という存在がいかに気仙沼に不可欠なものか、より明確に理解するようになっていく。自分たちがこの町で働き海とかかわることで、気仙沼の経済が漁師たちによってまわっていることを再認識したからだ。

気仙沼港に水揚げされただけでは、魚は流通しない。大前提として買い人がいて、そのうえで、魚を入れる発泡スチロールの箱を作る人、魚の鮮度を保つ氷を作る人、県外へ鮮度の高いまま出荷・運搬するトラックのドライバーもいる。さらに、気仙沼港には造船所も完備されていて、船を造る人や修理をする人もいる。漁師たちの食と休息を支える飲食業に従事する人だっている。

だからこそ、斉藤と小野寺にとってのスーパーヒーローは漁師だった。

2012年秋のこと。岩手県のJR一ノ関駅から長野県へと向かう新幹線の中で、ふたりはもうもうと盛り上がっていた。「もうもうと」とは、気仙沼弁というよりもオリジナルの〝和枝語〟らしいのだが、標準語に訳すのなら「めらめらと」といったニュアンス。令和の女子高生が推しているアイドルについて熱く激しく語りあうように、もしも、気仙沼のスーパーヒーローのカレンダーを作ったのなら、どんな写真がいいべがと、ふたりだけの世界に入り込んでいた。

「写真集で『佐川男子』が話題になってるっちゃ？　ああいうのがいいね！」

「そうそうそうそう。あと、沖縄の消防士の人のカレンダーとか！」

「そうそうそうそう。漁師、筋肉、筋肉、漁師、みたいなね！」

「カツオをさ、3本ぐらい抱えてグッとやったら二の腕の筋肉とか、あの人たちはすごいから！」

「で、どうせ作るんだったら、世界に通用するカレンダーね！」

「んだね！　世界だね！」

かっこいい漁師のカレンダーを作ることで、漁師になりたい若い人が気仙沼に来るかもしれない。そんなことも真剣に話し合った。あまりにも盛り上がってしまったため、所要時間3時間ほどがあっという間にすぎ去った。ふと気がつくと雪をかぶった長野県の山々が目に映る。そもそも、彼女たちが長野県を訪れた理由は、もうもうと盛り上がるためではない。震災後の自分たちの仕事の参考になるかもしれないと、長野県で成功を収めていたジャムなどの加工食品会社を訪ねて、なにかしらの学びを得ようと思っていたのだ。移動が発想をうんだのか、たまたまその時だったのか。この日、『気仙沼漁師カレンダー』の素《もと》が誕生する。

２０２４年２月、「気仙沼つばき会」３代目会長でもある斉藤が振り返ったのは、もうもうと小野寺と盛り上がった話の裏側に詰まっていた想いについてだった。

「気仙沼の漁師さんをかっこいいと感じるのは、なにも私たち女性に限ったことではないんです。男性であるうちの社長も言っていますから。『サンマ船の水揚げって、すごくリズミカルで、まるでEXILEのダンスのようだ』って。でも、私たちは漁師さんの魅力を知っているけれど、全国の多くの方はご存じないですよね。なんだったら、地元の気仙沼の人だって知らないのかもしれない。だったら、私たちが思う漁師さんのかっこよさを内外に広く伝えたいと強く思ったんです」

気仙沼の女性ふたりが、漁師をかっこいいと感じるのはミーハー的要素もある。けれど、彼女たちが推す漁師のかっこよさには奥行きがある。

あの時がそうだった。

2011年3月11日、未曽有の被害をもたらした東日本大震災。

「私、震災から2日後に海の近くにあった斉吉商店の工場のあった場所へ行ってみたんです。高台から避難していた叔父の家から、震災前なら1時間もかからない道のりを半日をかけて。見てダメだというのはわかっていたんですけど、それでもどうしても自分の目でたしかめたかったんです。でもやっぱり、工場は全部流されていて基礎しか残っていませんでした。泣きました。散々泣いて、でも、しょうがないって自分をどうにか納得させて帰ろうとした時、真っ黒に焦げてしまった船が並ぶ港に、真っ白い船が帰ってきてくれたんですよ。数日前に気仙沼から出港した、無傷の真っ白い漁船でした」

見上げると真っ青な空が広がっていた。

なのに、震災前はあれほど美しかった気仙沼の海には焼け焦げた黒い船しかいなかった。真っ黒の世界に、ふっと現れた真っ白な漁船。見た目には無傷だが、その漁船の帰港はイチかバチかの賭けでもあった。目視がきかない海の底には津波に流された家などが沈んでおり、船底を傷つけて損壊するリスクがあったからだ。それでも、漁師たちは気仙沼に戻ることを選ぶ。出港時に積み込んだ水や食料を全部おろして、少しでも気仙沼の人々の役に立てたならと。

斉藤はふたたびの涙を流した。だが、2度目の涙は悲しい色をしていなかった。

別の場所で、小野寺も黒い世界に舞い戻ってくれた白い船を見つめている。

「震災の夜、私は魚市場の屋上で一晩をすごしました。あの夜、津波で流出してしまった重油に火がついて、気仙沼湾は一面の火の海で。そんな夜が明けて、屋上から町を見渡せるようになったんですけど、終わったと思いました。魚市場のまわりの工場はすべて流されていて、気仙沼の経済の90パーセントが終わったなって。気仙沼は漁業が町の営みをまわしていましたから。でも、それから数日後のことです。和枝さんも見た白い近海マグロ船が、気仙沼に帰ってきてくれたんですよ。真っ白で、とっても美しくて。はじめてでした。子どもの頃から何千回と見てきたから、マグロ船の白い色をきれいだなんて思ったこともなかったけど、本当にきれいだった……。その時〝あぁ、私たちには沖で操業しているマグロ船がいてくれるんだ！〟って、ふっと心に光がさすように思えたんです。マグロ船は一隻で何億も稼ぐ海の上の工場のようなもの。たとえ、いま目の前に広がっている気仙沼の経済の90パーセントが終わってしまったとしても、沖には経済をうみだしてくれる漁師さんたちがいてくれる。だったら、まだまだ気仙沼は大丈夫だ。そう信じることができて、よし！って」

長野県へ向かう新幹線の車内で、もうもうとふたりで盛り上がった翌日。

斉藤は、「金のさんま」などの自社商品で仕事をともにしていた東京の広告制作会社関係者に直接会いに行く。長野県へ向かった時のような気仙沼弁全開ではなかったが、それでも、小野寺と自分の想いを、東京のその人に語り尽くした。

「ぜひ、やりましょう！」

立ち上がって固い握手で応えてくれたのは、株式会社サン・アドのプロデューサー、坂東美和子であった。

2

広告制作会社であり、クリエイティブ集団でもあるサン・アドの設立は、１９６４年にさかのぼる。日本の洋酒メーカーであるサントリーのグループ企業として発足しており、創立メンバーには芥川賞作家・開高健や直木賞作家・山口瞳が在籍していたことでも知られている。サン・アドのホームページには、現在でも「創立の言葉」が掲載されており、ユーモアと決意に満ちた文章を綴っているのもまた開高である。その一部を抜粋してみる。

〈総勢20名ばかりの小さなポケット会社ですけれど、スタジオもあれば重役室もあります。トイレは水洗ですし、カメラはリンホフです。鋭いデザイナー、読みの深いコピーライター、経験ゆたかなアート・ディレクター、そして重役陣には宣伝畑出身の芥川賞作家と直木賞作家がいます。手練手管の業師ばかりをそろえたとはかならずしもうぬぼれではないと思います。

この会社の特徴は徹底的な共和主義にあります。ギリシャの民主主義に従って運営されます。人の上に人なく、人の下に人なく、年功、序列、名声、学閥、酒閥、いっさいを無視します。仕事はすべて徹底的な討議の上で運ばれます。そして、いままでにない美や機智や率直さや人間らしさを宣伝の世界に導入しようと考えます。アメリカ直輸入の理論や分析のおためごかしを排します。あくまでも日本人による、日本人のための、日本人の広告をつくり、日本人を楽しませたり、その生活にほんとに役にたつ、という仕事をするのです。〉

２０１２年秋の出来事にも、サン・アドのはじまりのイズムは脈々と受け継がれていた。斉藤和枝からの相談を受けたプロデューサーの坂東美和子は、このプロジェクトを共和主義で進められる座組みを作る。アートディレクター・吉瀬浩司。クリエイティブディレクター・笠原千昌。そして、プロデューサーに坂東である。

この3人を主要メンバーとして『気仙沼漁師カレンダー』は動き始める。

斉藤ら「気仙沼つばき会」の漁師に対する想いを汲みとった坂東は、写真がなによりも重要であると考えた。となれば、写真家の人選はなによりも大切なこと。プロデューサーとして独断で決めてもよかったが、そこは共和主義のサン・アドである。坂東は、このプロジェクトにおける気仙沼の女性たちの漁師への熱を伝えたあとで、吉瀬と笠原に向けてふたつの言葉を添えた。

「気仙沼の女将さんたちがこんなことを言っていたの。『国内のカレンダーとしてトップクラスなことはもちろん、世界に届くものを作りたいです』って」

「このプロジェクトならこの人にお願いしたいって思う写真家がそれぞれにいると思う。だから、みんなで同時にその人の名前を言ってみない？」

吉瀬と笠原が、異議なしと言う代わりにうなずく。

坂東の合図で3人が同時に口を開く。

「藤井保さん！」

会議室に響いたのは、同じ写真家の名前だった。

1949年生まれの藤井保は、「日清カップヌードル」や「JR東日本」の広告写真、『ニライカナイ』『AKARI』といった写真集を世に送り出し、とくに、JR東日本の「その先の日本へ。」は徹底的な現場主義の写真が話題となる。広告で取り上げる場所へ実際に赴いた上での撮影だったため、藤井は年間約300日も日本各地を旅していた。

そして、『気仙沼漁師カレンダー』には、もうひとりのメンバーが加わることになる。

入社して間もない荒木拓也である。荒木が「ぜひ、自分も参加させてください」と坂東に直訴したのは、気仙沼への想いからだった。大学生の頃、ボランティアで同地に赴いたことがあり、震災の爪痕を目の当たりにしていた。サン・アドに入社したタイミングで『気仙沼漁師カレンダー』というプロジェクトが動き出すだなんて、荒木は縁を感じずにはいられなかった。

坂東は荒木の参加を歓迎した。

こうして、サン・アドチーム4人と写真家・藤井による『気仙沼漁師カレンダー』は静かに、熱く、動き始める。

3

けれど、その前途は多難であった。

まず、予算が足りない。広告制作会社であるサン・アドを主語とするのなら、通常の予算からすると圧倒的に足りなかった。だが、クライアントである「気仙沼つばき会」を主語とするのなら、家も仕事もすべてを津波で流されていたわけで、潤沢な予算などあるはずもない。

プロデューサーの坂東美和子は発想を転換する。

通常の撮影プロジェクトであれば、キャスティングに必ず組み込む「コーディネイター」「ロケバスとドライバー」「スタイリスト」「ヘア&メイク」を座組みから外す。

撮影場所の候補地やモデルを紹介しナビゲートする「コーディネイター」は、この地で生まれ育った「気仙沼つばき会」に担当してもらった。むしろ、彼女たち以上の「コーディネイター」など、このプロジェクトには存在しなかった。移動に必要な「ロケバスとドライバー」も「気仙沼つばき会」の誰かが車を出してくれたし、撮影チームは藤井保のアシスタントがワーゲンバスを自走してくれた。漁師という味のある被写体だ。「スタイリスト」「ヘア&メイク」も必要ない。

予算のめどはたったが、〝ないもの問題〟は続いていく。

ロケハンのために気仙沼へ赴いた時のことだ。通信電波がない。携帯電話は通じるところとそうでないところが点在していた。いまのようにＷｉ‐Ｆｉもないから、インターネットが使えない。パソコンはノートブックタイプを持ち込めばよかったが、宿泊施設などにプリンターがない。津波で流されたからだ。「香盤表《こうばん》」と呼ばれる撮影予定表は、通常はパソコンで入力してプリントアウトしたものを各スタッフに手渡すのだが、今回はすべてが手書きとなる。

ないないづくしだからこそ、試されるのは本当の自分の力だった。だったら、できることをしよう。新人の頃のように、がむしゃらに、全力で。坂東は既に充分なキャリアを重ねており、会社の重要案件を任されるほどのベテランであった。そんな自分が新人の頃のように初心に返り、それを楽しめているのが不思議だった。

不思議なことがもうひとつ。

それは、「気仙沼つばき会」と、その家族や仲間たちから感じることだった。

あれほどのことがあったのに、みんなが笑っている。東京での坂東は「声が大きい！」と、たしなめられることがよくあったが、気仙沼では静かなほうだった。彼女以上に、みんなが大きな声でしゃべり、大きな笑顔で笑う気仙沼の人たち。深く傷ついたはずなのに、なぜこんなにもパワフルなのだろうと不思議だった。

気仙沼から東京に戻ると元気になっている自分の変化にも気づく。苦手なはずのサンマの肝が、気仙沼の人たちが七輪で焼いてくれたものだけはおいしかったなと思い出すと少し口元がゆるむのだった。

気仙沼と東京は、電車の乗り継ぎがうまくいっても最短で3時間25分。決して近くはない。距離ではなく坂東の意識として、気仙沼という町が以前よりもぐっと近づいていた。

坂東には、いまでも忘れられない光景がある。

アシスタントプロデューサーの荒木拓也が、「気仙沼つばき会」の斉藤和枝とその家族となにげない会話を交わしていた時のこと。いつものように、みんなが大きな声でしゃべり、笑っていた。ふとしたタイミングで大学生当時の記憶が蘇ったのか、荒木がこんなことを言った。

「そういえば僕、このあたりには何回かボランティアで来たことがあります。あの頃は、サンマが散らばっていて大変でしたよね」

その瞬間だった。笑い声が一瞬で消える。それと同時に、斉藤だけでなく家族全員が居住まいを正した。正座をした斉藤家一同は、荒木に向かって深々と頭を垂れるとこう言った。

「その節は本当にありがとうございました。ボランティアの方々が来てくださらなかったら、こんなに早く気仙沼で、いまのように暮らせるようにはなりませんでした」

斉藤は、その時はじめて荒木がボランティアで気仙沼に来てくれていたことを知ったのだ。坂東は斉藤家の誠実な姿に、こみ上げるものをこらえて、ふたたび決意する。私にできることをしよう。新人の頃のように、がむしゃらに、全力で。そして、世界に届くカレンダーをこの人たちといっしょに作っていこう。

撮影の日々は始まっていた。２０１２年の冬のことである。

撮影日の詳細な記録は残っていない。通常はパソコンに香盤表のデータが残っているものだが、現地で手書きしコピーして渡していたからだ。怒涛の日々とともに手書きの香盤表はどこかへ消えてしまった。

記録には残っていないが、坂東の記憶には残っている。

都合7度。サン・アドチーム4人と写真家・藤井保による『気仙沼漁師カレンダー』のクリエイティブチームは、気仙沼の四季を撮影しようと、東京からの旅を7度繰り返した。

4

「すみません、すみません、すみません！」

謝罪の声が響いたのは早朝5時だった。

船上などの撮影現場ではない。気仙沼の唐桑地区に位置する民宿「唐桑御殿つなかん」でのこと。「唐桑御殿つなかん」は、名物女将の菅野《かんの》一代《いちよ》が切り盛りしており、菅野もまた「気仙沼つばき会」のメンバーだった。静かな朝に響いた声は、プロデューサー・坂東美和子の寝言である。

「坂東さん、坂東さん、どうしたんですか?」

クリエイティブディレクターの笠原千昌が、謝りながらうなされている坂東に気づいて声をかける。

「すみません!」

坂東がもう一度叫ぶと自分の声でようやく目を覚ました。女性同士で同部屋だった笠原が笑っている。襖1枚を隔てた隣りの部屋では、アートディレクターの吉瀬浩司も笑いをこらえている様子だ。

「どうしたんですか?」

笠原がもう一度聞く。坂東は、ようやく現実の世界に戻れたことに気づき、ほっとして、胸をなでおろした。夢のなかで藤井保に怒鳴られていたのだ。藤井の怒りの理由は、香盤表が真っ白で、その日の撮影予定がなにも決まっていなかったから。

夢で本当によかった。坂東はもう一度、胸をなでおろした。

２０１２年11月から、撮影が始まっていた。できることをしよう。心のうちでそう誓った坂東ではあったが、漁師の撮影は、普段の仕事とはあまりにも勝手が違っていた。

たとえば、撮影前日の夜までに、どうにかして香盤表が作れたとする。ところが、天候判断などの理由で、前日に組んでいた予定が変更となってしまう。天候判断で撮影ができなかった漁師をＡさんとすると、Ａさんの次の候補日には既にＢさんを撮影する予定だ。だが、Ａさんはこの日のこの時間しか無理だという。Ｂさんに謝って別の候補日を調整してもらう。けれど、Ｂさんの次の候補日には、既にＣさんの予定がある……そんな具合。まるで、ピースが欠けていて絶対に完成しないパズルを必死で完成させようとしているかのような作業。撮影の直前まで、何度も書き替わる香盤表。夢だけでなく現実の世界でも、坂東は何度も藤井に頭を下げた。

天候判断における勝手の違いもあった。

クリエイティブチームからすると、多少の天候不順ならば撮影したいのが本音だった。しかし、海のことは漁師の判断にすべてが委ねられる。とくに船頭と呼ばれる人たちの判断は絶対だった。船頭とは、漁撈長とも呼ばれる船内の最高責任者であり、漁師としての腕のたしかさと仲間を束ねる胆力がなければ務まらない仕事だ。〝頭〟であり〝長〟。漁師の世界のトップである。

正直な気持ちでいえば、坂東は彼らの絶対を当初から信頼していたわけではなかった。天候不順により順延となったとしても（今日は撮影できたのでは？）と内心で思っていたこともあった。けれど、坂東の予想は、ことごとく外れる。船頭の天候判断は常に的確だったのだ。いかに自分が海の世界の素人であるかということに気づかされた。

いっぽうで、クリエイティブチームにも〝頭〟や〝長〟というトップが存在する。今回のプロジェクトでいえば、写真家がその任を担っていた。

藤井保は妥協を知らない写真家である。

プロデューサーである自分にも、かかわるすべてのスタッフにも厳しい人。だからこそ、夢のなかでまで怒鳴られたりもしたのだが、坂東は知っていた。この当代きっての写真家は自分にこそ、もっとも厳しい作家であるということを。最初のロケハンから実際の撮影が始まっても、気がつくと藤井は、気仙沼のどこかを歩いていた。道なき道を行き、山を登り、崖をくだっていた。撮影が始まっても、もっともベストであろう場所を求めてロケハンを続けていたのだ。気仙沼の藤井保は、藤井保であり続けた。

「気仙沼つばき会」の斉藤和枝が、カレンダー作りのはじまりの頃と藤井との日々を振り返る。

「藤井さんは、シャッターを押している時間よりも、私たちの話を聞いてくれる時間のほうが長かったんじゃないかっていうぐらい、耳を傾け続けてくれました。なぜ私たちが漁師カレンダーを作りたいのか、漁師さんのいったいどこにそこまでの魅力を感じているのか、気仙沼という町で自分たちが好きなところも聞いてくださって。サン・アドさんもそうでした。震災をきっかけにうちの商品である『金のさんま』のパッケージのリニューアルなどをお願いしたことがおつきあいの始まりなんですけど、なぜこの商品を作ったのか、この商品に込めた想いはなんなのかって、ずうっと寄り添って話を聞いてくださったんですよ。だからこそ、『気仙沼漁師カレンダー』を（小野寺）紀子さんと思い付いた時、真っ先に坂東さんにお願いしたんです。だけど、あの頃の私たちは、クリエイティブのなんたるかをまったくわかっていなかった。だって、ただの田舎のおばちゃんですから。クリエイティブってなんだべ、でしたから。10年以上たったいまだって、クリエイティブのことなんてわかるはずもないんですけど、いまよりも、もっともっとわかっていなかったのだと思います」

藤井による気仙沼での撮影は続いていた。クリエイティブチームの頭として、2、3時間の短い睡眠だろうが一切の文句を言わず、シャッターを切り続けた。

そして、その瞬間が訪れる。

プロデューサーの坂東は藤井の被写体に対峙《たいじ》する集中力が、より高まっているのを感じていた。被写体といっても漁師ではない。秀ノ山雷五郎の像である。相撲界で第9代横綱という最高位までのぼり詰めた男であり、気仙沼のスーパーヒーローでもある。その業績を讃えた銅像は、東日本大震災のあの津波にも流されなかった。

藤井は、この像もまた気仙沼の象徴であり、カレンダーの一枚にふさわしいと直感する。

その瞬間、気仙沼の天候が写真家の味方をした。

美しい白色の絵の具を奇跡的な濃度バランスで薄めたような霧。これ以上濃い霧だと力士像が見えないし、逆にこれよりも薄い霧だと味わいも薄い。そんな絶妙な霧の中に身長164センチと江戸時代でも小兵であった秀ノ山雷五郎が、右手をすっと海に向かって伸ばしている。

後日、東京に戻った藤井は、彼の代名詞と称される魔法を施したかのようなプリントにより、会心の一枚に仕上げる。

けれど、その写真は『気仙沼漁師カレンダー2014』に採用されることはなかった。

5

2013年8月。気仙沼の四季を収めるという当初の目標から10か月がたっていた。「気嵐」と書いて「けあらし」と読む気仙沼の冬の風物詩を写真に収められなかったりはしたものの、藤井保とそのクリエイティブチームは、10か月間で合計7度の撮影をやりきったという、ある種の達成感に包まれていた。

残るは、クライアントへのプレゼンテーションと、文章やデザインの仕上げなどの工程を経て、年内の発売に備えるだけ。世のカレンダーのすべてに文章が入るわけではないが、『気仙沼漁師カレンダー』のクリエイティブチームは、それが必要であると決める。漁師たちの仕事ぶりや感情を言葉の力で伝えることが、写真との相乗効果をうむはずだとの判断だった。クリエイティブディレクターの笠原千昌が、漁師たちへの丁寧な取材とコピーライティングを終えていた。

撮影と取材は完了した。いざ、プレゼンである。

プロデューサーの坂東美和子とアートディレクターの吉瀬浩司が、クライアントである「気仙沼つばき会」にプリントアウトした候補写真をもとに説明を加えていくのが一般的なプレゼンだ。ところが、藤井が「僕にプレゼンさせてほしい」と言う。

藤井とは長い付き合いの坂東だったが、本人からプレゼンをしたいと言われるのは、はじめての出来事だった。坂東はうれしかった。よっぽどの想いと手ごたえが今回の撮影にはあったということだ。吉瀬と笠原も驚いていたが、異論などあるはずもない。

プレゼン当日。気仙沼「斉吉商店」の「ばっぱの台所」という一室に関係者が集合した。ばっぱとは「おばあさん」のことで、斉藤和枝の母・貞子が、かつては漁師に食事を作るなどの世話をしていたことから、いまでも貞子が調理する一室を「ばっぱの台所」と呼んでいた。

まずは、藤井とサン・アドチームが「ばっぱの台所」に入り、プレゼンの準備をした。藤井本人によって選び抜かれた30枚ほどの写真を、ふたつのテーブルに並べていく。右側には、表紙の1枚と各月の暦にあわせた12枚、巻末の1枚、あわせて14枚の写真。左側には、アザーと呼ばれる次候補の写真が並べられた。

藤井のサービス精神だった。あくまでも彼の本命は右側の14枚だったが、ほかにも手ごたえのある写真が撮れていたから、それらも含めて「気仙沼つばき会」のメンバーに見てもらって、喜んでほしかったのだ。

写真のセレクトは、藤井に一任されていた。すべての広告仕事の現場がそうであるわけではないが、写真のセレクトは写真家自らがするものであるというのが、藤井保の流儀のひとつであった。

「ばっぱの台所」に「気仙沼つばき会」のメンバーが招き入れられる。

無邪気に喜ぶ彼女たちは、クライアントであると同時に現場で汗も流していた。「キャスティング」という役職も担い、「コーディネイター」として7度の撮影現場に立ち会っていた。その労が写真という形となった喜びがある。『気仙沼漁師カレンダー』の発起人である斉藤と小野寺紀子の喜びはひとしおだった。長野県へ向かう新幹線車内でのもうもうとした熱がなければ、このプロジェクトは始動していない。その熱に呼応するように、藤井をはじめとする一流のクリエイターが東京から何度も気仙沼を訪れてくれた。

藤井が右側の写真のプレゼンを始める。

だが、「気仙沼つばき会」メンバーの反応は鈍い。

写真家のプレゼンを聞き終えると、斉藤と小野寺は無邪気に感想を口にした。それぞれの推しの写真を言い合ったりもした。ふたりが推す写真の多くが左側のアザーだった。

右側には、秀ノ山雷五郎像の写真をはじめとする藤井セレクトによる写真たち。だが、気仙沼の女性たちの腑《ふ》に落ちる写真ではなかったのだ。

藤井は黙って彼女たちの感想を聞いていた。

坂東は、気が気ではなかった。企業広告での通常のプレゼンならば、少なからずクリエイティブにかかわる宣伝担当者などがいるもの。でも、今日のこの場には、無邪気に写真の完成を喜ぶ女性たちが集まっている。写真のクオリティというよりも、スーパーヒーローである漁師が写っている写真を喜ぶ女性たちの集まりでもある。彼女たちの無邪気さは、まったくもって間違っていない。けれど、藤井の心中はいかがなものか。

藤井もまた無邪気だったのだ。

いい写真が撮れた、早くつばき会のみんなに見せたい。ともに喜んでほしい。そんなまっすぐな無邪気さが本人自らのプレゼンにつながっていた。無邪気なクライアントと無邪気な写真家。『気仙沼漁師カレンダー』のプレゼンは、そんな構図だった。

しばらく続いた女性たちの喧騒ののち、藤井が静かに言った。

「今日はここまでにしましょう」

言葉とシンクロするかのように、静かに、部屋をあとにする藤井。この時はじめて、「気仙沼つばき会」の面々は気づくのだった。

(あれ？　もしかして私たち、やっちゃった？)

どちらかだけに非があるわけではなかった。無邪気と無邪気の果てのこと。斉藤の言葉を借りるのなら「田舎のおばちゃん」にとって「クリエイティブってなんだべ」なのだから。

6

「今日はここまでにしましょう」

そんな藤井保の言葉のあとで、残されたプロデューサーの坂東美和子が動いた。

斉藤和枝や小野寺紀子から、なぜ左側の写真を気に入ったかをヒアリングする。聞くだけではない。「気仙沼つばき会」としては引っ掛かりのあった写真も「絶対に掲載したほうがいいと思います」と提案した。

たとえば、「第18共徳丸」が漁港から約750メートルも離れた気仙沼市街地に打ち上げられた一枚。藤井を頭とするクリエイティブチームとしては「マスト」な一枚であったが、気仙沼市民である「気仙沼つばき会」の感情としては、震災を忘れたい人たちには「マスト」どころか「マイナス」すら想像できる一枚だった。

最終的に「第18共徳丸」の一枚は、「気仙沼漁師カレンダー発行にあたって。」という巻末の言葉とともに掲載された。その後、2013年10月には、「第18共徳丸」が撤去されたから、写真として残せたのは貴重であり、意味のあることとなる。

巻末の言葉は「気仙沼つばき会」によって綴られたものだった。

2011年3月13日。被災してはじめて避難した高台からいつも暮らしていた魚市場の付近に降りてきた時、景色は、一面黒と灰色の泥と焼け焦げたガレキだらけでした。何もかもが失われ、絶望に包まれて立ち尽くしていると、市場の壊れた岸壁に、真っ白い漁船が入ってきました。それはそれは美しく「気仙沼には、漁船があった！」と思いました。変わり果てた現実の中に希望を見つけ、頼もしい思いでしばらく仰ぎ見ていました。

・・・ふと気がつくと、海も、空も、真っ青でした。

世界三大漁場である気仙沼には、全国から優秀な漁師さんが集まってきます。このように漁業が発展したのも、そのおかげだと思っています。経験と、勘と、覚悟を持って、いのちをかけて海とがっちり向き合う姿。私たち「気仙沼つばき会」は、そんな気仙沼のスーパーヒーローである漁師さんをもっともっと知ってほしくて、今回のカレンダーを企画しました。漁師さんは、気仙沼の自慢です。震災から2年が経ち、２０１４年3月で4年目を迎えます。今までも、これからも、漁師さんがいるからこそストーリーは始まるのだと信じています。

さらに、カレンダー作りは続いた。坂東が「気仙沼つばき会」の希望を東京に持ち帰り、藤井とサン・アドのメンバーでセレクトを再考した。

そして、ふたたびの気仙沼。秀ノ山雷五郎像の写真は掲載なし。代わりに漁師を主人公とする写真や、「出船《でふね》おくり」と呼ばれる気仙沼港の風物詩などが選ばれていく。

表紙を含め、14枚すべての写真が決まった時、斉藤は涙を流した。

「こんなに素敵な写真をありがとうございます」

そう言うと、小野寺も泣いていた。

坂東の目からもこぼれるものがあった。坂東と長年仕事をともにしてきたアートディレクターの吉瀬浩司は、彼女が仕事で泣くのをはじめて見て驚き、自身も泣きそうになって涙をこらえた。

2012年の冬から都合7度の撮影を重ねた『気仙沼漁師カレンダー2014』は、「第65回全国カレンダー展」の最高賞である「経済産業大臣賞」を受賞した。

2024年3月。現在は故郷の島根県にアトリエを構える写真家の藤井が、気仙沼の「ばっぱの台所」での出来事を静かに語り始めた。

「つばき会の人たちが左側の写真を多く選んだのは、ショックはショックでしたよ、やっぱり。でもね、嫌な気持ちではなかったんです。だって、お互いの立場があるわけで、意見や感性の違いはあって当然のことですから。秀ノ山雷五郎像のことにしても、僕としては、漁師と横綱っていうのは同じ気仙沼の象徴じゃないかという気持ちで撮った。ものすごくいい霧も立ち込めてくれた。でも、つばき会の人たちは、漁師をリスペクトするなかでうまれた企画だから、許せなかったんだろうね。写真家になってはじめて自分でプレゼンしたんだけど、斉藤和枝さんに悲しいほうの涙を流させてしまった瞬間があったのはつらかったです。結局、僕らの時は、クリエイティブ側も、つばき会の人もはじめてのことでしたから。お互いに不慣れななかで、でもお互い真剣にぶつかったのだと思います」

晴れ晴れとした表情で、藤井は言葉を続けた。

「『気仙沼つばき会』の人たちとたくさん話して、なかでも印象的だったのが、避難所での男女の違いについてなんです。男は失くしたものの大きさに呆然と立ちすくむ。でも、女の人は今日食べるものをどうしようと考える。男のように立ちすくまないし、止まらない。この生理の違いを僕はものすごく理解できました。こういう時に女の人はやっぱりやさしくて強いんだなぁって。そういう意味でも僕は、『気仙沼つばき会』をリスペクトするんです。彼女たちだからこそ、このカレンダーは10年も続けることができたのだと思うな。たとえばだけど、大手出版社の集英社だったら、10年は続けられなかったかもしれない」

すべてのはじまりの『気仙沼漁師カレンダー2014』が完成した。

価格は2000円、印刷部数は5000部に決まった。「気仙沼つばき会」メンバーの人件費はボランティアだからよしとしても、印刷代を含めた制作費がかかっている。そこから算出した価格と部数だった。

その印刷部数を聞いて、カレンダー業界に詳しい知人が「そんなに刷って大丈夫？　アイドルのカレンダーでも3000部ぐらいらしいよ」と教えてくれた。その言葉を聞いて「気仙沼つばき会」の面々はふたたびのあの言葉を心の内で繰り返すのである。

（あれ？　もしかして私たち、やっちゃった？）

『気仙沼漁師カレンダー』は作ったら終わりではなかった。作ったからには、売らなければいけなかった。売らなければ赤字である。この日から、「気仙沼つばき会」の「売っぺ！　売っぺ！　売っぺ！」な怒涛の販売の日々が始まるのだった。

第2章

「いまやらんで、どうするんよ！」

1

２０１３年11月、『気仙沼漁師カレンダー２０１４』が発売された。

発起人のひとりである斉藤和枝が、営業の日々を振り返る。

「営業のメインは手売りでした。メンバーみんなで、カレンダーを持ってとにかく歩いてのローラー作戦です。でも、私たち以外の気仙沼の人はこのカレンダーがどういうものかを知らない。そもそも、気仙沼でのカレンダーといえば、お得意さんなどからもらうものであって、わざわざ買うものじゃない。そんなカレンダーを営業するとなると、どうしたって一軒一軒の説明が長くなるんです。かくかくしかじか、これこれこうでって私たちの想いをイチから言わなきゃならなくて。だから、メディアで『気仙沼つばき会』が取材してもらえるとなったら、新聞でもラジオでもテレビでも、なりふり構わずに『漁師カレンダー、よろしくお願いします！』とお話しさせてもらいました」

なりふり構わぬメディア対応は、「気仙沼つばき会」２代目会長・髙橋和江の出番でもあった。とくに生放送はチャンスだった。斉藤と同様に、隙あらば『気仙沼漁師カレンダー』という単語を連呼した。

髙橋の家業は、１９６７年創業の「たかはしきもの工房」。斉藤たちのように漁業とのかかわりはなかったが、斉藤和枝と髙橋和江の〝Wかずえ〟は年齢も近く仲がよかった。震災前には、地元で唯一のファミリーレストランで、深夜12時すぎまで語り合ったりもしている。子どもたちの世話や家事をすべて済ませたあと、気の合う女性同士の楽しき時間だった。

ところが、2013年の年末は「カレンダー、どうすっぺ？」が、ふたりの合言葉となる。もうひとりの発起人である小野寺紀子も必死だった。とにかく歩く営業活動に加えて、偶然に町で顔見知りと会ってもすすめられるよう、常にカレンダーを持ち歩く日々。

彼女たちが必死だったのには、理由があった。

もしも完売できなかった場合、ひとり100万円ずつを自己負担すると決めていたのだ。自己負担メンバーは、髙橋、斉藤、小野寺に加えて、田村恭子の4人。田村は、「気仙沼プラザホテル」と「サンマリン気仙沼ホテル観洋」という2軒の大型ホテルを切り盛りする女将である。400万円を部数に換算すると2000部だから、残る3000部を売り切れば、「気仙沼つばき会」の赤字は免れる計算だった。赤字分をメンバー全員の人数で割って補填《ほてん》する考え方もあるだろう。でもそれは「気仙沼つばき会」の流儀ではない。彼女たちには、こんな口癖がある。

「んで、誰がケッツふくの？」

標準語の「ケツをふく」には「失敗のあと始末をする」という意味があるが、気仙沼弁では小さな「ッ」が入って「ケッツ」となる。彼女たちの語感には、失敗のあと始末というよりも、責任の所在をはっきりさせるという意が含まれていた。『気仙沼漁師カレンダー2014』は、4人だけでケッツをふくことを決めていたのだ。けれど、家も会社も工場も流されてしまった状況下でのひとり100万円は重い。ならば、目指すべきは3000部ではなく、5000部の完売であった。

歩いて売って、人と出会って売って、なにもなくてもとにかく売って、そんな怒涛の1か月。彼女たちは1円の自己負担もせずに営業活動を終えることとなる。「気仙沼つばき会」の資料用にわずかな部数を残し、文字どおりの5000部完売。内訳は、気仙沼市内で2500部、それ以外で2500部であった。復興支援として、100部単位での大口購入をしてくれた、地元企業をはじめとする日本各地の企業の存在も完売への追い風となっていた。

2

まったくの素人集団だったというのに、『気仙沼漁師カレンダー2014』を完成させ、完売した「気仙沼つばき会」。「んで、誰がケッツふくの?」との口癖だけを切り取ると昭和で硬派なヤンキーのようだが、普段の彼女たちは丸い笑顔が似合う女性たちだ。

そんな「気仙沼つばき会」のはじまりは、２００９年にまでさかのぼる。発足時から女性だけのグループだった。なぜ、女性限定だったかといえば、ＪＲグループの「デスティネーションキャンペーン」が大きくかかわっている。１９７８年から始まったこのプロジェクトは、指定された地域のＪＲと自治体、さらには地元の観光業者などが共同して臨む大型キャンペーンであり、３か月間ごとに対象地域が移っていく。記念すべき1回目の試みは、同年11月の「きらめく紀州路」、和歌山県が選ばれている。

気仙沼市を含む宮城県内36市町村など、東北５県45市町村が参加した「美味し国　伊達な旅」は、２００８年の10月１日から12月末までのキャンペーンだった。

ところが、気仙沼市に限定して言えば、期待したほど観光客が訪れてくれなかった。その結果、「デスティネーションキャンペーン」にかかわったＪＲの県外関係者から、次のような本質的な提案がなされた。

「世の中のだいたいの観光は、女性が行きたいところや、やりたいことを決めるものですよね。夫婦でも、奥さんが決めて旦那さんはただついてくるだけ。だったら、女の人が喜ぶことを考えないとダメだと思うんです。でも、そういうことを男性が考えられるわけがない。今後は、女性だけで気仙沼の観光について相談していったらいいんじゃないでしょうか」

まず集められたのが、旅館やホテルを営む女将たちだった。

しかし、県外関係者からの提案には「異業種の女性にもメンバーに加わってもらうべき」との意見も添えられていた。そこで選ばれたのが、斉藤和枝とその母・貞子だった。「斉吉商店」は、「気仙沼市魚市場」に隣接した「海の市」で観光客相手に海鮮丼などを販売していたし、貞子はボランティアで観光客のために気仙沼のガイドもしていた。異業種でありながら、観光に関してもまったくの素人ではないという絶妙な存在だった。

こうして「気仙沼つばき会」は２００９年4月、15人のメンバーで結成され、最年長の貞子が初代会長に選出される。

この時、斉藤が誘ったのが、着物を扱う異業種の髙橋和江だった。

「なにやるか全然決まってないんだけど、おもしろそうだっちゃ？」

「んだね。やっぺやっぺ。なにしていいのかわかんないけど」

こうして、のちに2代目会長となる髙橋と、3代目会長となる斉藤が「気仙沼つばき会」のオリジナルメンバーとなるのだが、そのはじまりは「なにしていいのかわかんない」団体だった。仕方がないので、「毎月1回、なにやるかを考える定例会」の開催が決まる。

少し笑いながら、髙橋が思い出す。

「定例会はランチをしながらだったんですけど、とっても出席率が高かったんですよ。女将さんたちが経営する旅館やホテルのランチを、ひとり１５００円の参加費で食べることができて、なにより同業他店のおもてなしを見られますから。みなさん〝うちは素晴らしいでしょ？〟ってところを見せたいわけで、予算オーバーでサービス三昧。そんな感じだからランチそのものはとっても楽しかったです」

定例会を重ねるうちに、「気仙沼のおもてなしを考える」ことが活動のメインテーマとなっていく。観光を軸とする団体にふさわしいテーマだった。だが、髙橋は観光業界に長年身を置く人たち特有の難しさを感じていた。彼女たちのなかで、固定観念ができあがってしまっていたのだ。

「私や和枝ちゃんが意見を言うと、『あぁ、それは前にやったことあるからダメ』と即座に否定されてしまうんです。私たちの意見があまりにも素人の発想だったのかもしれない。みなさんにはみなさんなりの考えや、守らなければいけないなにかがあったのかもしれない。でも、私はやばいなと感じました。固定観念からは新しいものがうまれないし、なによりおもしろくない。だから、和枝ちゃんと相談して、『もっといろんな異業種の人を入れっぺ！』って」

髙橋と斉藤が誘ったのは、都会からの移住者など、異業種かつ多種多様なメンバーであった。こうして、女性限定という発足当時の大原則は変えることなく「気仙沼つばき会」は、そのアイデンティティをゆるやかに変化させていく。

3

2012年5月、髙橋和江が「気仙沼つばき会」の2代目会長となった。

髙橋は、『気仙沼漁師カレンダー』の発起人である斉藤和枝や小野寺紀子とは、違うタイプの女性だった。海側で育ったふたりは漁師が大好きであったのに対して、山側で育った髙橋は、どちらかといえば苦手だった。漁師が怖かったのだ。しかも、思春期の彼女は、気仙沼の町そのものが嫌いだった。親戚付き合いや近所付き合いが多く、中学校の制服を着た瞬間から、それら付き合いのある人たちの通夜を手伝わされた。中学時代の髙橋の本音は「めんどくさい」。気仙沼は早く出ていきたい町であり、実際に、進学のタイミングで一度は気仙沼を飛び出して、宮城県仙台市に住んでいる。

そんな髙橋が、中心メンバーのひとりとしてスタートさせたのが「出船おくり」を盛り上げるプロジェクトだ。「出船おくり」は、気仙沼港を出漁する船を、乗組員の家族、友人、船主などの関係者が、航海の安全と大漁を祈願しながら岸壁から見送る伝統的な行事である。

かつては、多くの人が見送った「出船おくり」だったが、時代とともに人影もまばらになってしまう。大音量で流れていた『軍艦マーチ』も、いつの頃からか小さな音で流れるようになっていた。髙橋は時代の流れで音量制限がかかっているのかとも想像したが、見送る人が減り、気持ちが沈み、そんな雰囲気に合わせるように、音も小さくなっていたのだ。

そんな時勢に、ある船頭が斉藤に相談を持ちかける。「出船おくり」がどうにも寂しい。あなたたち女性の団体で見送りに来てやってくれないかと。

「とにかく、一回、やってみっぺ」

髙橋を動かしたのは好奇心だった。山側で育った彼女には「出船おくり」の経験がなかったから、単純に楽しみだったのだ。

海側で育った斉藤の思いは、単純ではなかった。「気仙沼つばき会」として「出船おくり」を盛り上げるのなら、漁師をはじめとする漁業関係者に対して失礼があってはならない。思案の末に、斉藤は知り合いのサケ・マス漁の船に「お見送りする練習をさせてください」と頭を下げた。メンバー全員が参加する「出船おくり」ではなく、有志で参加するリハーサルから始めてみようと考えたのだ。

そして迎えた、「出船おくり」リハーサル当日。髙橋をはじめとする有志一同が岸壁に立つ。出航前の漁師は無愛想に黙々と仕事をこなしていた。見送る人たちに背を向けている者も多い。やがて準備が整い、船が出ていく。「行ってらっしゃーい」と大きな声を送る髙橋たち。

その時、ふっと、背中を向けていた漁師が振り返って手を振ってくれた。髙橋は初体験の

「出船おくり」のその瞬間に「気持ちがきゅうとなった」と言う。

「それまで無愛想だったのに……ツンデレですよね。メンバーから希望者を募って、7、8人でお見送りさせていただいたんですけど、旦那さんでも恋人でもないのに、あんな気持ちになれるってすごいことだと感じたんです。私以外にも、『出船おくり』をはじめて経験するメンバーもいたので、その人たちと『これはすごいね！』と、ものすごく盛り上がりました」

髙橋は、「出船おくり」は観光資源になる可能性があると直感する。メンバーが経営する旅館やホテルに宿泊する観光客にアピールできるのではないか。天候の影響で出港が中止となる可能性もあったが、その不確定さすらおもしろがってもらえたなら。10か月から1年ほどを海ですごす遠洋マグロ船の「出船おくり」の感慨はまたひとしおだろうし、サンマ船が船団を組んで気仙沼を旅立つ様子は、さぞかし壮観だろう。

「気仙沼つばき会」は「出船おくり」を正式イベントとすることに決める。

２０１０年5月4日。2月のリハーサルを経て、「気仙沼つばき会」としてはじめての「出船おくり」の日である。仕事柄、髙橋の普段着は着物だった。この日も着物姿であったが、漁師を見送るには、うってつけの正装でもあった。しかも、斉藤の配慮で、漁協関係者よりも一歩下がって前に出すぎない見送りをすることが徹底されていたから、いたずらに目立ちすぎることもない。リハーサルの時と変わらず、船の上で寡黙に準備を進める漁師たち。準備が完了すると、船が出ていく。最後列で「行ってらっしゃーい」と大きな声で見送る「気仙沼つばき会」。最前列の漁師の家族や友人、船主などの関係者たちも力いっぱい手を振っている。髙橋が、ふたたびのきゅうとする気持ちを感じていると、ひとりの女性が近づいてきた。出港前に挨拶していた船頭の妻だった。

「私、うれしかったです。つばき会のみなさんは、わざわざ挨拶に来てくださった時に『見送らせていただけて光栄です』と言ってくれましたよね? 漁師を見送ることを光栄に感じてもらえるだなんて、私のこれまでの人生でなかったことでしたから」

船頭の妻の言葉を、髙橋が噛みしめる。

「漁師さんの社会的地位は、決して高くはなかったんです。バブル期に流行った〝3高〟に対する〝3K〟なんて言葉がずっと残ってもいましたから。でも、船頭というのは、学歴なんかじゃなくて、高度なスキルと人間力ではい上がっていく人たちです。リーダーシップも必要だし、神様が味方してくれなきゃ魚が獲れないって時もあって、そういうことも全部ひっくるめて結果を出している人たちで。それを奥さんは誰よりもわかっていたんですよね。うちの父ちゃんはすごい、腕一本でものすごく稼いでくるって。でも、世間の評価が必ずしも高くはないことが、彼女たちは悔しかったのだと思う。だからこそ、私たちが漁師のみなさんに敬意を持って『出船おくり』をしたことに『うれしい』と言ってくださったのではないでしょうか」

髙橋は船頭の妻の言葉に「出船おくり」をやってよかったと再確認すると同時に、ショックを受けてもいた。そのお礼の言葉を聞くまでは気づいていなかった、自分の心の底をのぞいてしまったからだ。

かつての気仙沼では、PTA名簿に「船員」と漁業関係者がひとくくりで記載されていた。さまざまな専門職が集う漁師の世界をひとつの言葉でラベリングするという偏見。髙橋は、その偏見と無縁ではない自分がいることに気づき、自身の不明を恥じた。

「本当に恥ずかしかったです。でも、だからこそ『出船おくり』にはそういう偏見をなくせるかもしれないという可能性を感じました。だって私自身が、『出船おくり』で漁師さんのイメージを180度変えることができたんですから」

発足から1年。「気仙沼つばき会」は「なにしていいのかわかんない」団体ではなくなっていく。髙橋が可能性を感じた「出船おくり」が恒例行事となっていく……はずだった。

4

その時、髙橋和江は京都にいた。

泊まりがけの仕事だった。3月11日の夜にテレビに映し出されたニュース映像では、気仙沼が燃えていた。家族や友人、従業員、気仙沼のみんなは無事なのだろうか。いますぐにでも帰りたいけれど、京都には新幹線で来ていたから、朝を待つしかなかった。

翌朝、仕事関係の知人が車を出して岩手県のＪＲ一ノ関駅まで送ってくれるという。髙橋は一ノ関駅まで車で来て、そこから新幹線を乗り継いで京都に来ていた。

スーパーやホームセンターに立ち寄って、レトルトのごはんや長靴などの物資を入手して気仙沼に向かう。リッター25キロほど走るハイブリッドカーのロングドライブ。物資の量が後部座席に乗せられる程度だったことを「どこかで甘くみていたのだと思います」と髙橋は自省するが、被災地から遠く離れた京都で得た限られた情報では、仕方のないことだった。

気仙沼に帰れたのは、13日午前1時すぎ。避難所で息子の無事を確認した。彼は避難所ではなく自宅で生活したいと言う。津波の影響は甚大で、山側に位置した髙橋の店ですら1階部分は泥まみれで売り物の着物は無残な有様だったが、住居スペースの2階は無事だった。

生活の拠点を自宅に移した髙橋は、安否確認のために息子とふたりで気仙沼の町を歩いた。親戚や社員、友は無事だろうか。

きっと斉藤和枝は、高台にある彼女のいとこの家に避難しているはず。「たかはしきもの工房」では、着物用ショーツの研究と開発をしていた。1階の新品は被災してしまい一枚も残っていなかったけれど、2階の私用は無事だった。髙橋は、1回しか使っていない下着をどうしても捨てられずに、きれいに洗濯をして保管していた。逆境の時にこそ人はその本性を現すというが、彼女は少しも迷わずに、限られた数の下着を友とわけあうために持参した。

髙橋の予想どおりに、斉藤は高台のいとこの家にいた。無事を喜びあうふたり。パンツのおすそわけに斉藤の目に涙が浮かんだが、ほどなくして、凛《りん》とした表情に戻る。

斉藤には髙橋に相談したいことがあった。

「斉吉商店」は東京の大手百貨店と通販での「気仙沼フェア」を進めていたが、この現状では商品を納品できるわけがない。東京の人たちは気仙沼のリアルな情報を得られないだろうから、なんとかして連絡しないと仕事相手に迷惑をかけてしまう。髙橋が訪れる前に「電波の通じるところへ行って、東京さ、電話をかけたい」と言うと、家族や「斉吉商店」のスタッフから猛反対されていた。「バカを言うな。いまはまだ危ない。まずは命を大切にしなさい」。それでも斉藤は仕事相手へ連絡できないことが気になって仕方なかったのだ。斉藤は、信用をなによりも大切にする経営者だった。

髙橋なら自分の気持ちをわかってくれるはず。相談してみると、髙橋もまた、着物雑誌『七《なな》緒《お》』の取材が予定されていて、その人たちへの断りの連絡をしなければ申し訳が立たないと言う。「すぐに行くべし」と、ふたりは即決する。

「斉吉商店」の社長であり、和枝の夫である純夫と3人で、岩手県一関市の千《せん》厩《まや》町《ちょう》を目指す。

気仙沼から一番近くで電波が通じる場所とのことだった。実際には千厩のさらに先の川崎でようやく携帯のアンテナが立ったのだが、ふたりは少し距離をとって、それぞれの仕事相手に「すみません。お約束を守れません」と謝罪をした。

別々の電話だというのに、返ってきたのは同じ言葉だった。

「なにを言ってるんですか！ 生きてて本当によかった！」

電話口の相手は、そう告げると涙声に変わっていた。

5

もうひとり、信用をなによりも大切にする経営者がいた。

「オノデラコーポレーション」の小野寺紀子である。彼女の担当は「オーシャン事業部」。元々はサンマの輸出から始まった部署であり、餌の輸入販売や漁撈資材の販売など、気仙沼の漁業を下支えする仕事である。

「『オノデラコーポレーション』は、父が独立して母が支えて私と弟が加わったのが始まりです。それまでの私は、マグロの仕事をやりたいと思って築地の大都魚類株式会社に入社しました。入社時の希望は大物部（マグロ部）だったんですけど、『女性採用の前例がありません』

と言われ、アワビやロブスター、ウナギ、エビなどを空輸する海外部に配属になったんです。成田空港が〝成田漁港〟と呼ばれていた頃です。結果的に、その部署でもマグロが扱えたのはうれしかったんですけど、朝3時半起きで5時には築地の競り場で働いていました。女性が競り場に入った第1号か2号か、そんな時期でもあって。ちょうど東京都の条例が改正されたタイミングで、女性でも朝5時からの就労が認められるようになったんですよね」

小野寺が「マグロ志望」だったのは、漁師町・気仙沼で育ったことが大きかった。

父親は独立前から既に漁船のエンジンを修理したり漁撈機械を製造販売する仕事をしており、漁師からのお土産であるマグロが毎日、小野寺家の食卓を彩っていた。1日目、新鮮な刺身。2日目、たたいてネギを加えて七味を振ったなめろう風。3日目は照り焼きなどの焼き物。そして、4日目には新たなマグロがお土産として届き、新鮮な刺身から始まる豪華なループが続く。カレーやハンバーグが晩ごはんのメイン料理の時でも、副菜としてマグロが添えられるという豪華さだった。

小野寺は、マグロ船船頭たちの会話が子どもの頃から好きだった。

「すごいなと思っていました。『今回は何億稼いだよ』とか、会話のスケールが大きいんですよ。それに、私が子どもだった頃の気仙沼には、現在の10倍ぐらいのマグロ船が港にいました。マグロという魚が身近な存在だったのだと思います」

大谷翔平に憧れた少年がメジャーリーガーという職業を目指すように、彼女の夢はマグロにかかわる職業に就くことだったのだ。築地でその夢を叶えた小野寺は、気仙沼に戻ってからも、マグロをはじめとする漁業とのかかわりを深いレベルで続けていく。台湾へ留学した経験から中国語が堪能であり、その語学力も「オノデラコーポレーション・オーシャン事業部」での海外との取引に役立つことになる。

6

3月11日の小野寺紀子は、朝7時から昼12時まで、福島県籍のマグロ船に輸入した餌を積んでいた。

「気仙沼市魚市場」で一夜をすごした彼女は、その船が燃えていく様子を呆然と見つめることしかできなかった。目の前で、納品した金額にして1000万円ほどの餌を積んだ船が燃えている。絶望という2文字が頭をよぎる。船が燃えた。町も燃えた。家も会社や店も流された。唯一、「海の市」3階の事務所だけが無事だった。棚や机など、ありとあらゆる引き出しが飛び出した状態で、パソコンもバタンと床に倒れてはいたが、おそらく破損はしていない。銀行の通帳と印鑑も流されていなかった。捜せば3月末に支払いが必要な請求書も残っていそうだ。

3月21日。震災からわずか10日後。小野寺は東京へ向かうことを決める。

小野寺には、震災後3日目に見た、白くて美しいマグロ船から感じた光に応えたい想いがあった。あの船のおかげで、たとえいま目の前に広がっている気仙沼の経済の90パーセントが終わったように見えたとしても、沖には経済をうみだす船と漁師たちがいてくれて、まだまだ気仙沼は大丈夫だと思えた。

いっぽうで「オノデラコーポレーション」は、家と会社を流されて住所不定。不安視される状況下で、自分たちから取引先への支払いを止めてしまったら、遠洋漁場で操業中の船に餌や資材が届かなくなってしまう。それでは気仙沼が復興できない。でも、3月の支払いをきちんと済ませることで、「気仙沼は大丈夫ですよ！」というメッセージになるかもしれない。

震災から9日目。気仙沼発仙台行きの臨時バスの存在を知った小野寺は、避難生活を送っていた叔母に東京へ行くと伝えた。

「その格好で東京さ行ぐのか？」

叔母は東京行きを反対するのではなく、女性として最低限の身だしなみをと気づかってくれた。3月の気仙沼はまだ寒い。小野寺は、あの夜から同じダウンとズボンで暮らしていた。

「これ着ていけ」

叔母が差し出したのは、ぼろ隠し用にとふわふわとしたファーの付いたコートだった。

すっきりした。

「髪も洗っていけ」

貴重な水をペットボトル3本分も用意して、反射式の石油ストーブであたためてくれた。あたたかいお湯で髪を洗うと、あまりの気持ちよさに身体と心が驚いた。洗髪だけでも気持ちが

「ありがとね。行ってくる」

最終的に、ふわふわとしたファーの付いたコートでは、あまりにも中の服とのバランスがおかしく、着ていくことはなかった。代わりにずっと着ていたダウンに袖を通してズボンをはいた。おしゃれなマフラーも手袋ももちろんない。首には白タオル、手には軍手をつけて、洗いたての髪で東京を目指した。「おら東京さいぐだ、みたいだな」と、みんなで笑ったことを覚えている。

背中に担がれたのは、デスクトップパソコン。これが東京で使えれば、取引データの確認やネット送金も可能だ。なにも重たいパソコンを担がずともUSBメモリにデータを移せるのならそうしたかったが、気仙沼には電力が通っていなかった。重かろうが担いでいくしかない。

まずは、仙台。最優先事項は、津波の被害で流出したパスポートの再発行。先の見通しはまったくわからないが、この機会に手続きしておくべきだった。「東日本大震災」という言葉がまだなかったので「未曽有の地震により紛失」と必要書類に記したが、「どこで紛失したか？」

との欄に「自宅」と書かなければならなかったのは皮肉だった。「自宅（流出）」と言葉を足す。仙台から東京を直接目指せる交通機関がなかったので、仙台から新潟、新潟から東京、東京駅から東銀座へ。東銀座にある「七十七銀行東京支店」の窓口で「気仙沼のオノデラコーポレーションと申します。外国送金をさせてください」と告げた途端、それまで我慢していた感情が大粒の涙となってこぼれ落ちた。

のちに、その時に入金された東京の商社担当者は「まさか気仙沼から3月末の支払いがあるとは……」と、感嘆の言葉を漏らしている。

7

斉藤和枝は、その時のことを思い出すと、なぜか『ワルキューレの騎行』というワーグナーのクラシック曲が思い浮かぶのだという。映画『地獄の黙示録』で、アメリカ軍のヘリコプターが襲ってくる迫力ある場面で流れる勇ましい曲だ。

震災の翌年、２０１２年の秋。

「斉吉商店」を応援してくれている知人から「ぜひ会ってみてほしい人がいる」という紹介があった。柳川みよ子という人物で、山口県下関市の唐戸市場で商売をしている女将だという。

信頼できる知人からの紹介だったから「ぜひぜひ」と斉藤が快諾すると、柳川とその仲間の女性たちが、わざわざ気仙沼を訪ねてくれることになった。

彼女たちと会う前に、斉藤は「気仙沼つばき会」のメンバーにこんなことを伝えている。

「私たちは被災者だけど、なにもしゅんとなって唐戸市場の方たちに接することはないからね。いつもの私たちらしく、つばき会らしく、元気にいきましょう」

そんなやりとりがあったというのに、柳川たちが宿泊するホテルに迎えに行ったメンバーは、圧倒されてしまう。現れた柳川と、その仲間の女性たちのいでたちと雰囲気が大迫力だったのだ。気仙沼を訪れる人たちの多くは、アウトドアブランドのウェアにスニーカーと質素が常だった。被災地を慮《おもんばか》って、選ぶ色も黒、白、紺といった地味なものがほとんど。

ところが、柳川は上下ともに真っ赤なジャケットとパンタロンである。

斉藤の脳内で『ワルキューレの騎行』が鳴り響く。

しかし、斉藤たちが真に圧倒されたのは、彼女たちの実績だった。

フグで有名な下関で商売をする彼女たちの「唐戸市場」がリニューアルされて新規移転したのが2001年。建物は立派になったが、その立派さと反比例するように右肩下がりで店の売り上げが落ちていく。男たちは、飲んでばかりでなにも改善策をうみ出そうとしなかった。最初は様子を見守っていた柳川だが、いっこうに上向かない売り上げに、女たちだけで立ち上がることを決める。

普段はおしゃべりを自認する斉藤が、聞き手に専心した話は女性たちの奮闘記だった。

「下関といえば、フグなんですけど、その名物がなかなか売れない。でも、柳川女将たちは、とにかく子どもたちを育てなきゃなんないからって、刺身では売り物にならないフグをうどんに入れる天ぷらや、唐揚げにするなどして、どうにかして売る工夫をしていったと。それがやがて、シャリ玉を用意してのお寿司となり、いまでは大人気の唐戸市場の目玉商品につながっていったそうなんです」

地元に魚市場がある同じ女性として、なにかできることはないだろうかとの来訪。斉藤は、下関からわざわざ来てくれた柳川たちの心意気がうれしかったが、「私たちも頑張ります」と、前向きな返事をすることがどうしてもできなかった。

「むしろ、逆のリアクションをしてしまったんです。自分でもなんであんなことを言ってしまったのか、いまでも理由がわからないし、具体的になにを言ったのかもぼんやりとしているんですけど、『でも、私たちは被災者ですから』とか『でも、でも、でも』って。後ろ向きの言葉ばかりを口にしてしまったのではないかと思うんです」

柳川の言葉は、まっすぐだった。

「いまやらんで、どうするんよ！」

飾らぬ山口弁の忖度なき言葉に続けて、「唐戸市場にみんなでいらっしゃい」と言う。斉藤は柳川のまっすぐな言葉がありがたかったが、いまこの状況で唐戸市場へ行くとイメージすることがどうしてもできなかった。「はぁ」と返事するだけで、せいいっぱいだった。

「ボランティアの会を開くから、そこと唐戸市場とで気仙沼の商品を売りに来なさい」

「はぁ」

「売ったお金を交通費に充てればいいでしょう」

「はぁ」

「唐戸の市場を見にいらっしゃい」

「はぁ」

「ね。とにかくいらっしゃい」

「でも、いくら分ぐらい商品を持っていけば？」

「100万ぐらいかね」

「はぁ」

柳川の迫力に圧倒された「気仙沼つばき会」は、その日から時間を置かずして、唐戸市場を訪ねている。2代目会長の髙橋和江と斉藤はもちろん、「オノデラコーポレーション」の小野寺紀子や「唐桑御殿つなかん」の女将である菅野一代も同行していた。前出のとおり「唐桑御殿つなかん」は写真家・藤井保による『気仙沼漁師カレンダー２０１４』のスタッフも利用した宿で、菅野もつばき会メンバーである。津波でいろいろなものが流されてしまった気仙沼で１００万円分の商品は用意できなかったが、できうる限りの商品を唐戸市場に持ち込んでいた。

唐戸市場で再会した柳川は、やはり、ただ者ではなかった。

「気仙沼つばき会」のメンバーが唐戸市場に到着するや、待ち構えていた地元のテレビ局が彼女たちの取材を始める。柳川がメディアを集めてくれていたのだ。その狙いは、つばき会の存在を山口県民に知ってもらい、ボランティア販売会や唐戸市場での彼女たちの認知度を上げることだった。会場では、柳川と仲間の女性たちが販売を手伝ってくれた。

結果、完売。実は、ボランティア販売会では若干の売れ残り商品があったのだが「はい、あなたはこれ」「あなたはこっち」と柳川が差配してくれた。

２泊３日の旅は、夜もまたありがたかった。おいしいイタリアンにワイン。被災地での質素な食生活が当たり前になっていたメンバーは恐縮したが、柳川はそれを見越して、あえてごちそうしてくれたのだった。

女性同士、酒とともに会話も弾む。

斉藤が印象的だったのは、柳川たちが唐戸市場をＶ字回復させたノウハウのすべてを教えてくれたことだった。唐戸市場で既に許可のある鮮魚販売以外の天ぷらうどんや唐揚げには保健所からNGが出された。役所仕事としては当然の判断だろう。

でも、柳川たちは絶対に引かなかった。引かなかったけれど、ケンカはしなかった。行政とぶつかるのではなく「どうやったらできるんですか？」と、あくまでも販売することを前提とした可能性を交渉し続けた。「当たり前のことをやっていたら、絶対に実現なんてしなかったからね」と柳川は豪快に笑った
他愛もない雑談までが楽しかったが、斉藤の心に一番刺さったのは柳川のこの言葉だ。

「斉藤さん、熱量のある人が3人いれば必ずできるから」

柳川は、気仙沼の市場でフグの寿司を握れと言っているわけではなかった。「気仙沼つばき会」がなにかを成そうと願った時、熱量のある3人がいれば必ず実現できると背中を押してくれたのだ。

斉藤は、『気仙沼漁師カレンダー』のことを想った。唐戸市場来訪は、小野寺と長野県に向かう新幹線の中でもうもうと盛り上がり、サン・アドの坂東美和子に相談したあとのタイミングである。私たちにとってのフグは、漁師であり、カレンダーなのかもしれない。

（3人ねぇ。私、和江ちゃん、紀子さん。あ、3人いた）

下関の夜に斉藤が心の中で数えた3人は、のちの『気仙沼漁師カレンダー』の企画から販売までの中心的役割を担うことになる3人だった。

8

唐戸市場来訪から約1年後、２０１３年冬。

『気仙沼漁師カレンダー２０１４』完売までの道のりは、あまりにも激動であった。

振り返れば、２０１２年秋の企画立案から、サン・アドチームへの打診を経て、藤井保による撮影、カレンダーの制作と販売、1日が28時間ぐらいないと間に合わない日々だった。しかも彼女たちは、全員がボランティアである。このプロジェクトで収入があるわけではないから、生活の糧はそれぞれの本業で稼がなければならなかった。

５０００部の完売は誇らしい。けれど、美談だけで終われるほどの単純な出来事ではなかった。「気仙沼つばき会」の本音を斉藤和枝が代弁する。

「ひとことで言うと、疲れ果てました。当時は、みんなそれぞれ自分たちの仕事も大変だったんです。マイナスになったものをイチにしなきゃなんない。当時の『気仙沼つばき会』は経営者の集まりだったので、会社をちゃんとしなくちゃいけない。そのためには、この書類を何日までに提出しなければならないとか誰しも手が足りなくて、いろんなことがぐちゃぐちゃでしたから。素晴らしいカレンダーが完成したし、完売することもできたけれど〝これを毎年やるんですか？〟と感じてしまったんです。『気仙沼漁師カレンダー』は10年続けることが目標でしたけど、根本的に考え直さなければダメだなって」

そして『気仙沼漁師カレンダー』は、その歩みを一旦停めるのだった。

第3章

プロデューサーは元アルバイト

1

『気仙沼漁師カレンダー』の再開は、２０１５年春だった。

疲れ果てて1年間休むと決めたのち、「気仙沼つばき会」が真っ先に見直したのは部数である。このカレンダー制作は、10年続けることに意味がある。もう休めない。自分たちにとってのサステナブルなカレンダー作りを目指そう。となると、５０００部完売で、ようやく赤字回避という部数設定はあまりにも無理があった。再開となる２０１６年版は震災後5年目だから、復興支援としての大口購入はかなり減ることが予想される。シビアに詰めていくと、３０００部が適正値であった。前回購入者の半数が地元・気仙沼市の人々だったことを考えると、価格は２０００円を切らないと厳しい。

経営者である彼女たちは、リアリストでもあった。

部数から見直すことでリアルな見積もりは立てられたが、クリエイティブはどうしたものか。素晴らしき成果を上げてくれたサン・アドは、通常のギャランティではあり得ないほど譲歩してくれたとはいえ、再開後の見積もりでは、依頼すること自体が失礼なほどに隔たりがある。

斉藤和枝は、「ほぼ日」の小池花恵に相談することにした。

「ほぼ日刊イトイ新聞」などを運営するその会社は、２０１１年11月に「気仙沼のほぼ日」という支社を設立するなど、この町といっしょに歩もうとしてくれる心強い存在だった。小池は糸井重里の秘書であり、斉藤が厚い信頼を置く人物のひとりだ。彼女の前職は吉本興業のマネージャーだったから、映画監督や舞台の演出家、写真家、スタイリスト、雑誌編集者、ライターといったクリエイターたちとの人脈も豊富だった。

斉藤がまず聞きたかったことは、大手の広告代理店などを通さずに、自分たちだけで世界に通用するカレンダーを制作できるか否かであった。

「つばき会さんだったら、できると思いますよ」

小池があっさりと言う。こういう時の小池が安易な肯定を口にしないことを斉藤は知っていた。そっと背中を押されたような安心感がある。続けて、前回の実績を踏まえた予算感を伝えつつ、「私たち、どうしていけばいいですかね?」と率直に聞いてみた。

数秒間思案したあとで、小池が言う。

「順平くんは、どうですか?」

小池が名前をあげた人物は、2014年3月まで「ほぼ日」のアルバイトだった竹内順平であった。本来は受付業務だったが、各所からヘルプを頼まれるために〝受付にいない受付〟の異名をとった彼は、ありとあらゆる雑務を精力的にこなし、社員からも一目置かれる若者だった。社長である糸井が気仙沼を訪れる際には、車の運転手を務めるなど気仙沼との縁もあった。

竹内は2年間のアルバイト業務を全うしたのち、大学時代の友人とふたりで「バンブーカット」（現・株式会社バンブーカット）というイベントプロデュースのユニットを結成していた。2014年7月には渋谷のロフトで『にっぽんの梅干し展』を開催している。「バンブーカット」の活動に注目していた小池は、斉藤の相談に、25歳の若者をプロデューサーとして推薦したのである。和歌山の梅干しとその農家の活動を丁寧に取り上げていた様子をみて、気仙沼の女性や漁師たちとクリエイターをつなぐ存在になれると直感したからだ。

斉藤は、その提案をなるほどと思いつつ、正直な気持ちでいえば、揺れてもいた。毎月のように気仙沼に通ってくれていたから、竹内の仕事ぶりと人柄には好感を抱いていた。竹内は斉藤の長男と同じ歳だった。息子と同じ年齢での独立はすごい。すごいが、どうなんだろう。「この人なら大丈夫！」との確信は得られない。でも、私たちだってカレンダー作りの素人だ。いっしょに育っていけたらいい……かもしれない。

心の底で揺れながらも、リスタートする『気仙沼漁師カレンダー』のプロデューサーを竹内に依頼すると斉藤は決める。

2015年4月、東京メトロ・三越前駅近くのカフェで、気仙沼の町にとっていかに漁師が大切か、自分たちはどんなカレンダーを作りたいのか、もうもうと竹内に説明する。

「気仙沼に旗を立てたいんです」

斉藤は1年間の休息を経たからこそ言葉になった目標を竹内に伝えていた。購買者が毎年楽しみにしてくれるようなカレンダーが作れて、もしも10年継続できたのなら。それは気仙沼に旗が立つようなものではないか。

竹内が印象的だったのは、熱のある言葉の裏側に、経営者ならではの冷静さがあったところだった。「5年後の気仙沼はいまのようには応援してもらえなくなると思う」「気仙沼のことを忘れてしまう人たちだっていると思う」と斉藤は分析していた。

「だからこそ、〝気仙沼はここにちゃんといますよ！〟と、日本中のみなさんへの目印になるようなカレンダーを自分たちで作りたいんです」

竹内は「気仙沼つばき会」の力になれるのならとふたつ返事で了承する。同時に、はじめてたずさわるカレンダー作りの未知数さへの期待に胸が躍ってもいた。

2

竹内順平は、2015年4月以降ずっと、あたふたしていた。

時間がなかった。斉藤和枝の要望は「9月まではカレンダーが完成していてほしい」だったが、さすがにその制作期間には無理があったので、10月まで延ばすことで了承してもらった。

それでも、時間がない。

竹内をあたふたさせたのは、経験のなさによるところも大きかった。「ほぼ日」でのアルバイト時代にWEBメディアの撮影や取材を手伝ったことはあるが、紙媒体の経験はなかった。唯一覚えているのは、書籍の仕事の流れで「ゲラ取ってきて」と先輩に頼まれた時のこと。

(ゲラ？　よく笑う人のことかな？　そんな人、どこにいるの？)と右往左往したが、ゲラとは雑誌や書籍の校正紙の別名で、よく笑う人のことではなかった。そんな感じだから、カレンダー制作に必要な印刷所のツテもなく、ゼロからイチを生み出す術を知らなかった。

そもそも、『気仙沼漁師カレンダー』も、その存在は知っていたけれど、とくに興味を抱いていたわけではない。カレンダーで重要な写真にも造詣が深くはなかった。好きなものは落語。友人と作ったユニットで取り扱っているのは梅干し。『気仙沼漁師カレンダー』のプロデューサーとして勝負できる武器などないように思える。

だが、25歳の若者には、拠りどころとなる言葉があった。『にっぽんの梅干し展』をひと区切りとして、梅干し以外のことにも挑戦してみたいと考えていたのだが、糸井重里がこんなアドバイスを送ってくれたのだ。

「もう少し、梅干しを続けてみたら？　せっかく足で稼いで、こんな展示会ができるまでになったんだからさ」

紀州の梅農家や関係者50人以上を取材させてもらった経験は、たしかに自分の足で稼いだものだった。梅農家には、気難しい人もいれば学者肌タイプもいて、そのキャラクターの豊富さがおもしろかった。考えてみると、梅農家も漁師も第1次産業従事者。カレンダー作りの経験がなくとも、足で稼ぐことだけはできるかもしれない。

竹内は、さっそく足で稼ぐ。

気仙沼に行って港を歩いてみたのだ。漁師の仕事ぶりが見たかったからだ。しばらく遠くから彼らの働きぶりを見ていると、斉藤たちの気持ちがほんの少しだけわかった気がした。漁師とは、東京のサラリーマンにはいないタイプの人種で、日に焼けて目つきの鋭い彼らには独特の雰囲気がある。

東京に戻ると、書店の写真集コーナーで、気になった写真家の作品を次々と購入していった。写真のよし悪しなどはわからない。購入ポイントは（この人が漁師を撮ったらどうなっちゃうんだろう？）という興味と主観だった。

何十冊と購入したなかで、もっとも気になった写真家のひとりが、浅田政志だった。

２００９年、『浅田家』で第34回木村伊兵衛写真賞を受賞している写真家である。ページをめくるうちに竹内が惹かれたのは浅田のユーモアだった。家族をモデルとしたその写真集のなかで、みんなで消防隊員になったり、ケガをして病院の待合室に集合していたりと、竹内にとって写真を見て笑ってしまう、はじめての経験だった。（この人が漁師を撮ったらどうなっちゃうんだろう？）という興味が膨らみ続けた。そして、決める。自分がかかわるはじめての『気仙沼漁師カレンダー』は、この人に撮影をお願いしてみよう。

さっそく、竹内は「気仙沼つばき会」に浅田を推薦するためのプレゼン資料を作成する。印象的な写真を集めてまとめるのは簡単だったが、浅田に撮ってもらいたい写真をひとことで表すことに時間がかかった。

「ありのままの漁師はかっこいい」

熟慮の末に言葉になったテーマがこれだった。自身がユーモアを感じた写真家に、その感覚とは対極ともいえる〝かっこいい〟を求めるということ。そんなテーマの立て方も、ある種のプロデュースであることに本人の自覚はない。「気仙沼つばき会」が熱く語る漁師のかっこよさを、浅田なりに撮影してもらえたらという、まっすぐで明快なテーマだった。

3

「気仙沼つばき会」の反応は、満場一致の「賛」であった。プレゼン時に竹内順平が持参した写真集『浅田家』に盛り上がり、この写真家が撮影してくれるであろう、かっこいい漁師を想像して「最高だっちゃ！」と興奮した。竹内の次なる仕事は、浅田政志への撮影依頼だ。多忙な浅田が、この撮影を引き受けてくれるかどうかはわからない。

依頼に関しては、「ほぼ日」のアルバイト時代に、同社の原則のようなものを学んでいた。糸井重里がオファーされる立場での経験に基づくもので、仕事の依頼をする際は相手が断れる余地を残しておくこと。情熱を企画書で伝えることと、「なぜ、引き受けてくれないんですか？」とゴリ押しすることとは別の話。竹内はゴリを押さずに熱を込めた。

企画書に、ギャランティや撮影条件を明記することも忘れなかった。

撮影料の具体的な金額と、フィルムで撮影すると発生する感材費の予算も追記した。「気仙沼つばき会」作成の予算見積もりから、竹内の交渉で増額された金額ではあったが、CMや写真集などの分野で活躍する写真家からすれば多いとはいえない額。それでも、これが限界の金額だったから、せめて事前に伝えることが誠意だと考えた。

撮影期間は5日間。「気仙沼つばき会」から必ず撮影してほしいと要望のあったサンマ船の「出船おくり」が8月17日に決定していたから、その前後のスケジュール確保が可能かどうかも事前に聞かなければならない。

幸いにも、浅田からは「うれしいお誘いです」との知らせが届いた。

２０１１年の震災直後、浅田は被災地で写真洗浄のボランティアをしており、２０２０年に二宮和也主演で映画化された『浅田家』でもその時の様子が描かれている。

浅田は、ボランティアとして、7月7日に気仙沼を訪れていた。

写真家が写真を撮らずに、写真を洗う選択をしたということ。いつかは写真を撮ることで力になれたらとは思ったが、震災直後のいまではないと感じていた。気仙沼で印象的だったのは、一度は津波に流されたが、みんなが拾ってきて集められたトロフィーや賞状などの大切なもののなかに大漁旗があったことだ。漁師町ならではだなと感じていたのだが、船名が入っていて所有者がわかるはずなのに誰も持って帰ろうとしない。事情を聞くと、漁師にとっての大漁旗はたしかに大切なものだけれど、縁起をかつぐものでもあるから、津波で被災した大漁旗は持って帰る気持ちになれないとのことだった。

ボランティアで訪れた気仙沼の日々から、約4年後。

2011年は写真を撮らなかった浅田だが、『気仙沼漁師カレンダー2016』のオファーならば、ようやく写真家としてなにかができるかもしれない。

快諾後、竹内との打ち合わせで「ありのままの漁師はかっこいい」というコンセプトにも興味をそそられた。普段の自分の写真は、おもしろかったり、楽しかったりすることを重視しているが、『気仙沼漁師カレンダー』は、その方向性ではない気がする。竹内を通じて、「気仙沼つばき会」の熱い想いも伝わってきた。気仙沼に住む若い人が見てくれた時に、「あれ？　漁師ってこんなにかっこいいんだ」と感じてくれるものが撮れたなら。浅田のなかに、自分が撮りたい写真のイメージが、ぼんやりとその像を結び始めていた。

撮影期間の5日は、8月16日から20日に決まる。

写真家が決まったなら、次に重要なのがデザイナーである。

こちらは、「気仙沼つばき会」の推薦により、同じ東北の山形県で活動する「アカオニデザイン」が選ばれた。代表のデザイナー・小板橋基希は、浅田や竹内らとの打ち合わせを経て、8月6日にはA4用紙4枚のラフを作成していた。判型はA4で飾る際に見開きにするとA3サイズになる仕様。「郵送時の料金もふまえた適切なサイズを」という「気仙沼つばき会」の意向もデザインに反映されていた。その月ごとの旬の魚情報や、漁師へ取材して印象的だったひとことの掲載など、初見の者でも目指すカレンダー像がイメージしやすいラフだった。

クリエイティブチーム内での打ち合わせを重ねながら、竹内は撮影予定日の1週間前に気仙沼を訪れた。斉藤和枝ら「気仙沼つばき会」との打ち合わせとロケハンのためだったが、話し合われたことのほとんどが浅田からの確認事項だった。打ち合わせ後、東京に戻った竹内がクリエイティブチームに送ったメールから、浅田がどのような撮影を希望していたのかが浮かびあがってくる。

□船の上での撮影ＯＫ。
□たとえば、ごはんを食べている漁師さんなどもＯＫ。
□出船おくり（全体図）。港近くの市場がある建物の屋上から撮影することも可能。ふつうのマンションの3階～4階の高さでした。小さな脚立はあり。使用可能。
□出船おくり（別パターン。海上よりピンポイントの写真が狙える可能性あり）。
□撮影しても掲載しない方がいてもＯＫ。
□漁師さんの数は心配なさそうですが、撮影できるポイントのバリエーションは、さほどなさそうです。
□個々の撮影希望時間は1時間～1時間半と伝えました。いい写真が撮りたいのでちゃちゃっとは無理ですとの趣旨も理解してもらっています。とはいえ、臨機応変さが求められる現場になりそうです。

竹内は「気仙沼つばき会」からの要望も浅田と共有している。
□定点撮影をお願いしたい（カレンダー巻末のほうに掲載予定／安波山《あんばさん》から）。
□撮影対象者をサンマ漁とカツオ漁の漁師さんに絞りたい。理由は、前回のカレンダーに登場していないことと、8月中旬の撮影に最適な方々だから。

この時の竹内は、写真家とクライアントのどちらかの意向に偏らず、できるだけバランスを取ろうとするプロデューサーだった。とはいえ、一切の経験がないわけで、理屈でそう動けたはずもない。竹内は、こんな言葉を自問自答し続けただけだった。

（どうすれば、気仙沼に旗が立つようなカレンダーが作れるんだろう？）

4

デジタルな時代は、東京と気仙沼、あるいは、東京と山形でメールやWEB会議を可能にした。そんな会議や打ち合わせでは、竹内順平にとってはじめて聞く業界用語も多く、「香盤表」を「降板表」と間違えて、笑われたりもした。

撮影開始数日前には、「降板表」改め「香盤表」が作成される。

撮影チームは、8月15日の夜に東京から東北新幹線で一ノ関駅まで向かい、その地で前泊。翌8月16日7時18分、一ノ関駅発の大船渡線で8時44分に気仙沼駅へ到着。浅田政志と「気仙沼つばき会」の顔合わせと打ち合わせを経て、「気仙沼市魚市場」へ移動、最初の撮影が予定されていた。デザイナーの小板橋基希も山形県から合流する予定だ。

8月16日、予定どおりに、市場での撮影が始まった。だが、そこでの撮影は漁師のアポイントをとったものではなかった。正確にはとりようがなかった。市場のみんなが忙しいのだ。船から魚を水揚げする漁師も、受け取る側の市場関係者も無言で迅速に作業をこなしている。

「どいてくれ！　お前ら邪魔だ！」

漁師から撮影チームに厳しい声がとんだ。「気仙沼つばき会」を通じて、市場への撮影申請許可は事前に済ませていたが、漁師たちにとって許可うんぬんは一切関係がない。魚を迅速に水揚げすることが第一なのだから。

こんな時こそ頼りになるのが、「気仙沼つばき会」だ。小野寺紀子が太陽のような笑顔で、顔見知りの船頭に撮影をお願いしていく。

「漁師カレンダー？　なんだそれ？」

2年前に一度だけ発行したカレンダーの知名度は悲しいほどに低かった。それでもめげず、丁寧に交渉を続けていく小野寺たち。すると、「気仙沼つばき会」の頼みならばと撮影を許可してくれる船がぽつぽつと現れた。『気仙沼漁師カレンダー』のことは知らなくとも、「出船おくり」で彼女たちの活動を認めてくれていたのである。

許可がもらえた船に一番乗りしたのは、竹内だった。船頭を探して「『気仙沼漁師カレンダー』です。よろしくお願いします！」と大声で挨拶をする。

次第に、撮影チームにも阿吽《あうん》の呼吸がうまれていく。船上の竹内から（船頭さんのOKもらえました！）との合図である両手で作った◯マークが出るや、浅田がカメラを抱えて船に乗り込む。そして、船員たちの邪魔にならぬよう、被写体にふさわしい漁師を探していった。「気仙沼つばき会」の女性たちが船に乗り込むことはなく、岸壁から撮影チームの様子をうかがうのみ。漁船の多くは古くからの慣習により、女性が船に乗ることをよしとしない。

浅田は「体を張る」と決めていた。

普段の撮影スタイルは、立ち位置などを演出して世界観を作り込むセットアップ写真と呼ばれるもの。日常を切り取るスナップ写真ではない。だが、今回の撮影では完全なるセットアップ写真は不可能だと想像していた。仕事中の漁師に理想どおりの演出を加えるのは難しいからだ。セットアップ写真とスナップ写真の中間ぐらいのイメージで撮影を進めていく。

浅田にはミッションがあった。５日間の撮影で、最低でも13枚の手ごたえのある写真を撮るということ。内訳はカレンダーの表紙1枚と12か月分の写真。浅田にとって一番好きなことは、写真をセレクトしている時間なのだが、『気仙沼漁師カレンダー』でも、その役割を一任させてもらえた。だったら、撮らねば。やりがいとプレッシャーが交差する。

いざ撮影が始まると、香盤表は目安でしかなかった。深夜にホテルへ戻って待機、漁師が港に戻ってきたとの知らせを受けて早朝3時に部屋を飛び出したこともあった。写真家・浅田政志は、体を張って動いて、シャッターを切って、許されれば演出を加えて、5日間の撮影を完走する。

竹内としては、綿密な打ち合わせを重ねたつもりだったが、やはり現場はナマモノだった。「個々の撮影希望時間は1時間〜1時間半」は「最短で一瞬」という現場もあった。

5

『気仙沼漁師カレンダー2016』は、撮影後もスピード感を維持したままで進んでいく。撮影終了翌日の8月21日には、浅田政志がセレクトした写真が早くもスタッフに届く。カレンダーは表紙から1か月ごとにめくっていくものだから、写真単体としての魅力だけでなく、その並びも重要である。Aという写真に続くのがBなのかCなのかで、その世界観はまったく別のものになる。浅田はその並びを考慮した構成プランを提案していた。

このセレクトには、浅田の強いこだわりがあった。

気仙沼での撮影最終日のこと。浅田と竹内順平、「気仙沼つばき会」の斉藤和枝と小野寺紀子で、写真セレクトについて打ち合わせをしていた。浅田は撮影をしながらも手ごたえのある写真を脳内セレクトしていたから、それらのデータをコンビニでカラープリントし、表紙から毎月の写真を並べて、ふたりに見てもらったのだ。

彼女たちの写真そのものへの反応は「賛」だった。しかし、次の2点の相談が入る。

□若い漁師さんを掲載したい。

□初回のカレンダーに登場した方の掲載はなるべくさけたい。

浅田にとっても納得のいく提案だった。

けれど、東京に戻って改めて自分が撮った写真を見直してみると、どうしても掲載したい2枚の写真があった。そのうちの1枚は、たしかに初回のカレンダーに登場した漁師だったが、今回は親子で撮影できており、前回とはまた違う魅力がある。そんな想いを踏まえた〝浅田セレクト〟だった。

8月26日、小板橋基希がデザインラフを上げる。〝浅田セレクト〟をもとにしつつ、デザイナーとしてのアイデアを加えていた。さらに、スタッフ間で詰めの作業を重ねた結果、気仙沼最終日に打ち合わせした「基本プラン」と〝浅田セレクト〟をベースとする「スタッフ提案プラン」の2案でプレゼン。その2案を「気仙沼つばき会」へ提出したのが9月4日だった。

この時、「気仙沼つばき会」とクリエイティブチームとの調整は、竹内の仕事である。「気仙沼つばき会」の最終判断は、1枚は掲載OK、もう1枚は差し替え希望であった。竹内は2代目会長・高橋和江の判断理由に納得するいっぽうで、現場で汗を流してくれた浅田への申し訳なさから、経緯を説明するメールを送り、そのあとで謝罪の電話をかけている。

〈例の写真なのですが、やはり差し替えてほしいとのことでした。初回のカレンダーとかぶるからという理由は10年続けていくうえで、今後も必ず出るのではとの意見は納得していただいたのですが、写っている彼がまわりの漁師から嫉みなどを受ける可能性があることをさけたいようです。浅田さん、せっかく撮影していただいたにもかかわらず、掲載できない方をアテンドしてしまい本当にすみません。僕の責任です。申し訳ございませんでした〉

竹内はモノを作ることの難しさを、クライアントとクリエイティブにはそれぞれの立場があるということを、はじめて知る。

6

印刷所は気仙沼市の「三陸印刷」に決まった。

1作目は東京の印刷所が担当していたから、最後の工程まで〝メイドイン気仙沼〟なカレンダーが作れるということだ。竹内順平も気仙沼の会社が印刷担当であることに賛成だった。「バンブーカット」は、クリエイティブとビジネスの両立を目指していたから、「気仙沼つばき会」の経営者としてのビジョンや行動力から学ぶことが多かった。気仙沼の印刷所に依頼するということは地元でお金がまわるということ。自分たちはボランティアだというのに、利他を優先する彼女たちの考え方が好きだった。

三陸印刷への入稿後、色校正と呼ばれる色味と文字の最終チェックを経て、『気仙沼漁師カレンダー２０１６』は完成するはずだった。

ところが、すべての印刷が終わったタイミングで、トラブルが発生してしまう。ある漁船の名前に間違いがあったのだ。海の男たちは、自分の名前よりも船の名前を間違えられることが許せない。船は誇りであり、漁師としての一丁目一番地であり、彼らの魂なのだ。『気仙沼漁師カレンダー２０１６』は、そんな大切な船名を間違えてしまった。

重大なミスが発覚した時、25歳の新人プロデューサーはフランスにいた。

渋谷ロフトの『にっぽんの梅干し展』が好評で、京都や大阪で開催、さらにはフランスにも呼ばれることになったのだ。10月6日から17日まで「めるしぃうめぼし」のコピーとともに、竹内は海を渡っていた。

成田空港で携帯の電源を入れると、恐ろしい数の着信と留守電とＬＩＮＥが入っていた。あってはならない誤植が見つかったことを理解した竹内は、すぐに折り返しの電話をする。

直立不動のまま、耳にあてられた電話。相談の末に刷り直しが決まった。『気仙沼漁師カレンダー』は10年続けることを目標とするプロジェクトで、漁師が主人公。そんな主人公の名誉を傷つけるものを世に出すわけにはいかなかった。この手のミスの際に対応策のひとつとして用いられるシールを貼っての修正は、「気仙沼つばき会」の判断では「否」だった。シールが貼ってあること自体が失敗の証であり、漁師の名誉を傷つけてしまう。

許されない誤植の一因は、竹内が取材時に船名を間違ってメモしていたことだった。

「ごめんなさい。刷り直しましょう。印刷代は弁償させてください」

竹内は直立不動のままで謝罪していた。

ただし、船名を間違えてカレンダーに掲載してしまった責任は、「気仙沼つばき会」にもあった。最終校正は彼女たちにも任されていたからだ。最終的に、誤植のあった部分だけを刷り直し、新たに製本して追加費用がなるべく少なくなる方法を模索しつつ、その補填は「気仙沼つばき会」と「バンブーカット」で折半した。

竹内をプロデューサーに抜擢したのは、斉藤和枝である。カレンダーの誤植が発覚した時、斉藤はどのような想いで、自分がキャスティングした竹内をみていたのだろうか。

「でも、誤植の時だって、順平さんはひと言も言い訳しなかったですから。それに、そのこと以前に『あぁ、この人は大丈夫だ』と思えた瞬間があったんですよ。写真家の浅田さんが気仙沼に来てくださる1か月ぐらい前のことだったんですけど、『サンマ船激励会』というものがあったんです。気仙沼のサンマ船の船頭さんや関係者が一堂に集まる盛大な催しなんですけど、その会にはじめて『気仙沼つばき会』を招待していただけたんですね。『出船おくりで、世話になってっから』って。とてもうれしい招待だったんですけど、そのタイミングでたまたま順平さんが気仙沼にいらしていて。せっかくだからって、『気仙沼漁師カレンダー』のプロデューサーとして船頭さんたちに挨拶してもらったんです」

漁師界のトップである船頭は、迫力のある人が多い。心根はやさしい人たちだが、よそものに対しては壁があったりもする。「サンマ船激励会」の時もそうだった。竹内が挨拶に行っても「気仙沼つばき会」は知っているけれど、お前は誰なんだという、完全なる塩対応。そもそも『気仙沼漁師カレンダー』の知名度が低かった。

「それでも順平さんは、折れないんですよね、心が。『気仙沼漁師カレンダーの竹内順平です！』って無視されようが塩対応だろうが、そこにいらっしゃる方たち全員に挨拶をして。たまに話しかけてくる漁師さんもいたと思うんですけど、方言がきつくてなにを言ってるかわからなかったと思うんです。でも、順平さんはずっと笑っていて、凛と姿勢を正していて。その時に思ったんです。『あぁ、この人がプロデューサーでよかった』……かもしれないなって」

最後に「かもしれない」と言葉を足して、斉藤はいたずらっぽく笑った。半分は冗談で半分は本気といった様子だった。無理もない話だ。リスタートした『気仙沼漁師カレンダー』は新人プロデューサー体制では、まだ1作しか完成していなかったのだから。

7

2024年3月、写真家・浅田政志は、自分が撮影したカレンダーを8年ぶりに開いて、当時の熱を思い出していた。

「こんなにも香盤が決まっていない撮影は、これ以前も以後も一切ないですね。でも、それは決して嫌なことなんかじゃなくて、僕は大先輩の藤井保さんからバトンを受け取ったわけですから。当時は30代で若かったですし、とにかく体を張って、足で稼ごうと決めていました。実際、船の上にあがらせてもらっただけで、感じるものがありました。漁師さんは、スーツを着て会社に通う人たちとはまったく人種が違う。夜の海とかものすごく怖かったんですけど、そんな生きるか死ぬかのところで仕事をしていて稼ぎも自分の腕次第。手の大きさや日に焼けた感じも迫力が違いました」

カレンダー制作にあたって「気仙沼つばき会」とのやりとりで印象的だったのは、「写真に対して意見がちゃんとあること」だった。全国各地で撮影をする浅田は、一般の人や、行政から依頼される撮影の経験も豊富だ。多くの撮影依頼者は「写真のことはわからないんで、お任せします」と言う。けれど、「気仙沼つばき会」は違った。彼女たちなりの魅力的な漁師像がしっかりとあり、なぜ今回はこちらの漁師を掲載したいかというビジョンが明確だった。

そのうえで、浅田がこだわり、気仙沼の女性たちとの相談の末に掲載された一枚が、10月の漁師・城戸康宗の写真だった。城戸は1日3食20人分の食事を7日間、約20万円の予算内で作る料理長である。『気仙沼漁師カレンダー2016』でも、漁師たちの言葉が掲載されることになっており、10月には次の文章が掲載された。

「我流で覚えた」と城戸さんは言う。
でも、船の仲間は知っている。料理長が
レシピ本で研究してくれていることを。

気仙沼に行ったからこそ感じた浅田の漁師観は、チームで動いているという発見だった。

「こんなにも専門職があって、チームで漁を続けているだなんて知りませんでした。船のエンジンなど機械全般を任されている機関長の方も撮影させてもらったんですけど、ものすごい音と暑さのなかで黙々と作業されていて。その点は写真家と違うんだなと思ったんです。漁師さんはチームプレーで、大きな家族のように、船という家で、食べるも寝るも遊ぶも、いろんなことをわかちあう。写真はやっぱりひとりでやるものなので、そこまでの熱いつながりはない。もしも、漁師と写真家に共通点があるとしたら、動物的勘みたいなものは両者ともに必要かもしれません」

『気仙沼漁師カレンダー２０１６』でも、浅田の動物的勘が働いた瞬間があった。

市場での撮影が予定されていた時のこと。交渉の末に撮影ＯＫの船が出た方向へと撮影チームが歩き出した刹那、浅田が逆方向に走り始める。カツオの水揚げのために宮崎県の漁船が港に戻って、着岸しようとしていたのに浅田だけが気づいたのだ。

「ロープを投げるから危ないよ」

若い漁師の言葉を聞きながらも、浅田はシャッターを切った。

青い空と白い雲に真っ赤なカッパを着た若い漁師が投げてきたロープ。その決定的瞬間を収めた写真は、この年のカレンダーの表紙となった。

8

完成後、竹内順平は（もう二度と船の名前を間違えない）と、深く反省しつつ来年に向けての改善点を洗い出していた。

まず、撮影期間も撮影後の制作も、すべてにおいて時間がなかったことについては、スタートを早くすれば改善できそうだ。年に1回の撮影では季節感を伝えることが難しかったから、年に2回の撮影を設定するのも一案かもしれない。

そして、クリエイティブのやりとりについて。「気仙沼つばき会」はメールが不向きだった。写真のセレクト時がそうだったのだが、個々の意見と会としての最終判断が異なる場合があったし、本業が忙しくてメールをチェックできない人もいた。重要案件は直接会って相談するべきだ。

最後に、写真家について。竹内は「気仙沼つばき会」2代目会長の髙橋和江と出会った頃に、彼女が口にした言葉が心に残っていた。

「カレンダーを作ろうってなった時から決めていたんです。毎年違う方にお願いしたいって。だって、そのほうが楽しそうじゃないですか」

髙橋らしい、朗らかな理由だった。

「でも、写真家の方を誰にするのかは、順平さんが決めてくださいね」

やりがいを感じる髙橋の言葉だったが、さて、どうしたものか。藤井保、浅田政志に続く写真家を決めることは簡単ではなかった。

そんなことを考えていた時期のこと。小野寺紀子と雑談をしていると、思い出したかのように彼女が言った。

「そういえば、順平くんさ、川島小鳥さんが『気仙沼漁師カレンダー』の撮影に興味あるって言ってたよ。すごくない？」

あたふたしたあの春から、竹内は書店通いを欠かしていない。写真家・川島小鳥の『未来ちゃん』や『明星』は、（この人が気仙沼で漁師を撮ったらどうなっちゃうんだろう？）と感じた魅力的な写真集であった。2014年に発売された『明星』では、第40回木村伊兵衛写真賞を受賞。同作は、川島が3年もの時間をかけて台湾に通って紡いだ写真集だった。

川島は別件の撮影で気仙沼を訪れていた。撮影の流れで知り合った小野寺は台湾留学の経験があり、川島と意気投合していたのだ。

考えてみると、すごい話だ。出版社勤務でもなんでもない気仙沼の女性が、日本を代表する写真家と仲よくなり、『気仙沼漁師カレンダー』の撮影に興味があることを聞き出していたのだから。竹内は思ったことをそのまま口に出してしまい「すごいな」とつぶやいている自分に笑ってしまった。

けれど、もしも、川島が本当に『気仙沼漁師カレンダー』を撮影してくれたのなら。想像するだけで、胸が高鳴るのだった。竹内の気持ちは固まった。

すぐに高橋に連絡をとって、写真家・川島小鳥への依頼の了承を得ると、竹内は川島への正式オファーを急いだ。川島もまた日本を代表する写真家であり、多忙であることが予想されたからだ。

果たして、川島の返答は快諾だった。

２０１６年1月17日、川島と1回目の打ち合わせをし、3月と7月の2回にわけて撮影スケジュールを組むことが決定する。竹内が立案したテーマは「かわいい・かっこいい・人間らしい」であった。

『気仙沼漁師カレンダー』の認知度は、あいかわらず高くはなかったが、「カレンダー？　ああ、あれね！」と一度は見たことがあるという漁師も増えていた。実際に、川島撮影回のカレンダーの表紙に写っている漁師のひとりは『未来ちゃん』の愛読者でもあった。

第4章

漁師と写真家

1

須賀良央は、気仙沼市本吉町・日門《ひかど》漁港の漁師だ。春はサクラマス、秋はメバチマグロなど、四季を通じて7人ほどのチームで沖に出る定置網漁を生業にしている。定置網漁は、魚の回遊路に袋状の網を仕掛けておき、そこに魚を誘導して捕獲する漁法。本吉町沿岸は、暖流と寒流が交わる好漁場として、古くから栄えてきた。

日門漁港で一番の若手であった35歳の須賀に「気仙沼つばき会」から撮影依頼があったのは、2016年の1月のことだった。藤井保による1作目の『気仙沼漁師カレンダー2014』は知っていたけれど、それ以降も続いていたことを知らなかったが（よくわかんねぇけど、なんだかおもしろそうだ）と思った。漁港の先輩たちに撮影の相談をしたら、恥ずかしがって「やんた（嫌だ）」と断られることも想像できた。須賀は独断で「気仙沼つばき会」の依頼を了承し、先輩漁師たちには撮影スタッフが来ることを内緒にしていた。

3月、約束どおりに、写真家・川島小鳥と『気仙沼漁師カレンダー2017』のスタッフが須賀たちの元を訪れる。

「1枚だけ！　記念撮影だって！」

須賀が先輩たちを呼ぶ。1枚だけならと集まってくる漁師たち。

須賀の機転を川島は見逃さない。さすがに数回のシャッターを切ったが、ほんわかとした雰囲気の6人の漁師の姿がフィルムに焼き付いた。

その時の須賀は、写真を撮っている人物が、川島だということを知らなかった。のちに、自分たちがカレンダーの表紙になっていた時は驚いたが、撮影してくれたのが川島だと知って、もう一度驚いてしまう。須賀は川島の写真が好きで『未来ちゃん』と『明星』の2冊の写真集を購入していたのだ。うれしかったのと同時に、あの時に気づけていたのならと少し悔しかった。それは、須賀が漁師になって2年目のことだった。

34歳で漁師になった須賀の前職は、曹洞宗の僧侶であった。

2

2011年3月19日、30歳の須賀良央は、ボランティア団体のスタッフとして気仙沼市を訪れていた。生まれ故郷の静岡県浜松市で僧侶をしていた彼は、仕事柄慣れているはずだった「死」に、別の側面があることを知る。

「あの震災が起きた時に、僧侶としてなにかできるんじゃないかと気仙沼に来たんですけど、なにもできませんでした。無力感だけです。目の前にご遺体があって遺族の方がいる。なのに自分は、なんの言葉もかけてあげられずいっしょに泣くことしかできなくて。いままでの自分が、なんとなく僧侶をやって、なんとなく法事をやって、なんとなく葬式をしてたんだなって思い知らされました」

須賀が訪れた気仙沼市本吉町は、甚大な被害があった地域だ。町の人たちは、ボランティアと話す時は明るく振る舞っていたが、須賀は無理をさせているような申し訳なさを感じていた。町民同士の会話は「お父さん、まだ帰ってこねぇなぁ」「せめて遺体があがれるといいのに」と沈みがちだった。

「でも、漁師さんだけが、別の色をしているように感じました。あれだけのことがあって、船を流されたり、家族や仲間を失ってしまった人もいるはずなのに、浜で作業したり、船を修理したり、自宅で網を直したりと海の仕事を再開するのが早かったんですよ。なんにも言わないんだけど、その背中が『それでも海と生きるぞ！』と語っているみたいでした。そういう背中を見ているうちに『こっちだろ！』と思ったんですよね。お坊さんとしてもひとりの男としても、人間の苦しみや悲しみにもっとちゃんと寄り添いたいなら、こっちに飛び込まなきゃわかんないよって」

ボランティア活動は充実していたが（いつか地元に帰るとして、こんな無力感を抱えたままで僧侶を続けることなんてできるのか？）と疑問が膨らんでいく。いっぽうで（漁師、やってみたいな）との想いも膨らんでいく。そんなに簡単にできる仕事じゃないとわかっていても、その想いを抑えることが難しくなっていく。

ところが、気仙沼という土地柄は、古くから遠洋漁業で栄えてきた歴史的背景があるからなのか、よそ者が漁師になることに対してウェルカムな風土があった。

須賀の場合は、気仙沼出身の菊地敏男というベテラン漁師がいろいろと世話してくれた。「乗りてぇなら、乗ればいい」という気仙沼気質《かたぎ》の漁師である菊地は、かつて、世界の海でマグロを追いかけて船頭にまでのぼりつめた人だ。沖に出た時の菊地は厳しかったが、陸《おか》では偉そうなところの一切ない人だった。須賀は（この人が海の師匠だ）と慕うようになる。

震災からしばらくして、菊地がワカメの養殖業を再開すると、須賀は自然な流れで手伝い始める。当時のワカメ養殖は冬だけの仕事。菊地は須賀の漁師になりたいという想いを知っていたから「夏からのタコ籠《かご》漁も経験してみてもいいんでないかい？」と仲間の漁師を紹介してくれた。冬のワカメ養殖、夏の7月から秋の10月までのタコ籠漁。ほぼ1年間を海で生きる男のことを、世間では漁師と呼ぶ。ボランティアで本吉町を訪れてから3年目の2014年夏、34歳の須賀良央は漁師になっていた。

ワカメ養殖とタコ籠漁漁師となった須賀に菊地が言った。

「これからの時代は、固定給がもらえる漁師の存在も重要になっていくんじゃないかな？」

菊地は、いまこの時だけでなく、須賀が結婚を考える時期がきたらなど、漁師としての未来を慮ってくれていたのだ。

「はい」と即答して世話になることを決めたのが、日門漁港の定置網漁。「第28喜久丸」は固定給で、獲れ高によってのボーナスが加えられる給与体系だった。

「日門の漁師では、僕がはじめてのよそ者でした。だからなのか、いくらよそ者にやさしい気仙沼とはいっても、先輩たちがそれはもう厳しかったですよ。日門は地元意識の強い土地柄でしたし『坊さん？　俺たち漁師をなめてんのか？』という見え方があったのかもしれません。でも、その時に厳しくしてもらったのが本当によかった。じゃなきゃ、あんなに短期間で仕事を覚えられなかったですから。でもまぁ、当時はこっちも若いし、毎日ムカついていましたけどね。『早く持って来い！』とか『なにやってんだ！』とか船の上で怒られるたびに、『いつか絶対に、このじじいたちを黙らせてやる！』って。それでまたその先輩たちが、年齢を重ねているくせに、めちゃくちゃ体力があって元気なんですよ。こっちは、ワカメとタコ籠での経験があるから『いけるでしょ？』と、たかをくくっていたんですけど、しばらくは体中がバッキバキでした」

須賀本人にも意外だったのは、僧侶としての経験が無駄ではなかったことだ。

彼が仏門の修行をした頃は、上下関係が厳しく、先輩僧侶には「はい」と「いいえ」しか言ってはいけなかった時代。深夜1時半に起きて、座禅をして、一汁一菜の食事をして、座禅をして、掃除をして、また座禅をしてという日々。常に空腹で、常に眠くて、常に先輩が怖かった。漁師の世界も厳しかったけれど、少なくとも腹いっぱい食べさせてもらえる。先輩たちも口は悪いが、なんだかんだ言っても、やさしかった。

２０１１年に僧侶として気仙沼を訪れた須賀は、川島小鳥の撮影時には「1枚だけ！　記念撮影だって！」と先輩たちを集合させるほどに、日門漁港の漁師として溶け込んでいた。

3

漁師にもいろいろな人がいるように、写真家の個性やバックボーンもさまざまだ。『気仙沼漁師カレンダー２０１６』での「ありのままの漁師はかっこいい」というプロデューサー・竹内順平のテーマは、写真家・浅田政志にも刺さるものだった。ところが、翌年のカレンダーでの「かわいい・かっこいい・人間らしい」というテーマは、川島小鳥にはあまり響くものではなかった。

川島は「そもそも、テーマはいつも決めないんです」と振り返る。

「まずは撮影を始めてしまって、出会った人や場所から、進むべき方向のようなものを考えたり、感じたりしていくんです。『未来ちゃん』は佐渡島で、『明星』は台湾という場所だったんですけど、それぞれの場所であの人たちを撮影したからこそ、うまれたなにかがあったはずなんですよね。『気仙沼漁師カレンダー2017』もそうで、もしもひとりで気仙沼へ行っていたら、ああいう写真は絶対に撮れていないと思う。カレンダーとは別の撮影で仲よくなった（小野寺）紀子さんをはじめとする、つばき会さんといっしょだからこそ撮れた写真というか。漁師さんが彼女たちを信頼していたから撮れた写真でした」

シャッターを切るごとに撮りたいものがみえてくる川島の撮影スタイルには、3月と7月の2回の撮影機会があったことも好材料だった。

「撮影をしていくうちに、漁師と写真家ってけっこう違うものかなと感じていました。漁師さんたちは食べるという、生きるのに欠かせないものを命がけで獲っていらっしゃる。写真のお仕事は、基本的には衣食足りてはじめてできることですから。もちろん、命をかけて撮影をしている方もいるでしょうけど、少なくとも僕はそういうタイプではない。でも、だからこそ、『気仙沼漁師カレンダー』では自分の役割について考えました。このプロジェクトの僕は、漁師さんの魅力を伝える係なんじゃないか。せっかくそんな係をやらせてもらえるのなら、仕事というオンの時間だけでなく、生活というオフの時間も撮影して残しておきたい。記録するというのも、写真のもつ大きな意味だと思いますから」

川島が言う「生活というオフの時間」の代表的写真が、『気仙沼漁師カレンダー２０１７』の11月に掲載されたものだ。

その写真では、北海道の３人の漁師たちが銭湯「亀の湯」の湯船につかっている。そのうちのふたりは、漁師になったばかりの若い息子と父親である船頭。漁師にとってのオフの時間であり、しかも、風呂だからこそのやわらかな表情が印象的だ。

彼らも汗を流した気仙沼市の「亀の湯」は、「気仙沼魚市場」から歩いて10分ほどの魚町１丁目に位置し、１８８６年（明治19年）から続く銭湯だった。日本全国の漁師が仕事終わりに汗を流し、「お母さん」と呼ばれた女将は地方の漁師の結婚式に招待されるほど慕われてもいた。しかし、「亀の湯」は、２０１７年５月６日、１３１年の歴史に幕を閉じてしまう。震災後の行政が指定するかさ上げ基準に、わずか十数センチ足りなかったためである。

川島小鳥の写真は、漁師と「亀の湯」の関係性を後世に伝える貴重な記録にもなっていた。

4

通算４作目となる『気仙沼漁師カレンダー２０１８』は、前作よりも早めの撮影スケジュールが組まれていた。２０１６年10月30日から11月４日までの６日間と２０１７年１月24日から

27日までの4日間。選ばれた写真家は、竹沢うるま。2010年から2012年にかけて、1021日間で103か国を巡るなど、世界を旅する写真家である。

撮影初日の竹沢は、プロデューサーの竹内順平にこんな言葉をつぶやいている。

「眠ってるライオンはライオンじゃないですよね」

禅問答のような言葉だが、竹沢なりの自分が撮りたい漁師像だった。撮影スケジュールが例年よりも早めになっていたのも、冬の厳しい季節にこそ本当の漁師のすごみや魅力がにじみ出るはずとの竹沢の狙いがあった。起きているライオンのごとく、本気の漁師に迫りたい。

竹沢は狩りをする者への敬意があった。南米のペルーやボリビアで狩りをする人たちと生活したが、駆け引きのなさが気持ちよかった。気仙沼の漁師も、きっと同じ匂いのする人たちだろう。写真家と漁師の共通項は、あるようでないのではと思う。表現も人間にとって大切だが、漁師は狩りをしている。生きるか死ぬかの時、表現するか食べるかならば、100パーセント後者を選ぶ。

竹沢は「竹内さんから連絡があった時は、『バンブーカット？　美容室からかな？』と思いました」と笑いながら、はじまりの頃を思い出す。

「最初に『僕でいいんですか？』と尋ねた記憶があります。『気仙沼漁師カレンダー』というプロジェクトのことを詳しく聞く前だったので、気仙沼の撮影をするのなら、なにかしら東北にかかわっている写真家のほうがいいのではと感じたからです。それは、僕なりの震災への想いがあったからでした。東日本大震災の時、僕はブラジルにいたんですね。その後、コロンビアの空港に移動したら津波の映像が流れていて、これはいつもの地震とは違うぞと感じました。作品撮りの旅の途中でしたけど、理屈じゃなく直感で戻ろうと。日本になるべく早く帰れる便で戻って、1週間後には南三陸へ行きました。写真家としてとにかく現場を見なければと」

宮城県南三陸町を訪れた竹沢は、その地で写真を撮っているが発表はしていない。その前後、のべ3年弱をかけて、北米、南米、南極、アフリカ、ユーラシアの5大陸を旅した写真集『Ｗａｌｋａｂｏｕｔ』を発表したのが、２０１３年である。

「作品のための旅を一旦やめてまで日本に戻った時の直感を言葉にするなら、日本で生まれ育った人間として、あの震災を共有しなければアイデンティティの欠落が生じてしまうのではと思ったからです。だからまず『気仙沼漁師カレンダー』の撮影を僕がしていいのかと確認したんですけど、竹内さんから、つばき会の話を聞いてるうちに、このカレンダーは前を向くためのものにしたいのだなと強く感じたんです。過去を振り返るんじゃなくてね。だから、10年続けるという想いも、印刷所を気仙沼の地元の会社に変えていたことも共感できました。免罪符という言葉は適切ではないかもしれないけど、それを渡してもらえた気がしたんです」

竹沢は快諾し、冬の漁師を撮り始めた。

5

3作目までの継続により、『気仙沼漁師カレンダー』の認知度は徐々に上がっていた。アポイントなしの撮影でも漁師からの了承が得られることが増えてきていたし、「漁師カレンダー？　なんだそれ？」と言われてしまうことも減ってきていた。さらに、テレビ朝日系列の東日本放送のドキュメンタリー番組スタッフが、『気仙沼漁師カレンダー2018』完成までの2年間に密着する企画も始まっていた。

いっぽうで、『気仙沼漁師カレンダー2018』はターニングポイントでもあった。前作をなぞるようにしても『気仙沼漁師カレンダー』は成立するかもしれなかった。毎年、写真家を変えるだけで、中身はさして変わらぬものを作り続けることも可能ではあったからだ。

そんなタイミングで、竹沢うるまが新しい風を吹かせる。冬の厳しい季節での撮影を希望しただけでなく、いっしょに船に乗って漁に出たいとも提案した。それまでは、陸から海を撮影することがほとんどだったから新しい切り口だった。さらに、遠景に小さく写り込んだ漁師がいる写真も「気仙沼つばき会」との話し合いで掲載OKとなる。いままでは、写真の漁師を特定できないと名前が載せられないし、話が聞けず文章の掲載もできないからNGだったのだ。

写真の可能性がひろがったということは、文章についても再考が必要となる。

しかし、クリエイティブチームは、文章のことを一旦忘れることにした。

まずは、『気仙沼漁師カレンダー』にとって最重要である写真撮影に専心する。選ばれた写真からイメージしたテーマを決めて、後日改めて、気仙沼の漁師たちから話を聞き、文章を綴ってみるのはどうか。遠景に小さく写り込んだ漁師の写真がセレクトされた場合も同様だった。

『気仙沼漁師カレンダー２０１８』の2月の写真には、遠くの一点を見つめる船頭の横顔が選ばれている。その船頭は気仙沼の漁師ではなかったから、後日のインタビューは難しかった。

そこで、「気仙沼つばき会」は、船頭という同じ立場だからこそ、この写真からなにかを感じてくれるであろう人物をキャスティングした。その人に写真を見てもらいながら話を聞き、まとめた文章が次のようなものである。


「月を見てるんじゃないかな」。漁師歴50年以上のベテラン船頭は、この写真を見て言った。被写体の言葉ではないから、本当のところはわからない。でも、その船頭の予想には説得力があった。漁師は月を見る。満月の頃は魚がくるから。しかも、この人は船頭だから、釣果という責任を求められるはず。会社、乗組員、家族のために。帰港して乗組員が休息に入ろうとも、頭の中は次の漁のことでいっぱいに違いない、と。

漁師は寡黙なイメージがあり、実際にそういうタイプも多いが、船頭というこの業界のトップに立つ人には言葉もあった。「気仙沼つばき会」はそのことを知っていた。

6

「流れに身を任せたかったんです」

竹沢うるまは『気仙沼漁師カレンダー2018』のデザイナーを指名せずに、竹内順平に任せているが、その理由がこのひとことに集約されていた。竹内は信頼を置くキタダデザインの北田進吾に依頼。竹沢は写真のセレクトも北田に任せている。

そして完成した『気仙沼漁師カレンダー2018』には、41枚の写真が選び抜かれた。表紙と各月以外にも読みものページが設けられており、竹内が執筆した「冬の気仙沼へ。の裏側日記」の文章に添えて、撮影に協力してくれた漁師たちの小さな写真が多数掲載されている。

前年度までのA4判に比べると、かなり大きめのB4判に判型が変更されたから、より写真の迫力が伝わりやすい。1作目と比較検討して「やっぱり大きいほうがいいです」というのが「気仙沼つばき会」の意向だった。

41枚のなかで、もっとも竹沢の心に残っている写真に漁師は写っていない。海に立てられたオレンジ色の旗が、白いブイに支えられつつも斜めになって水面に揺れている。

「僕は海の写真をよく撮るんですけど、水面って、撮る側の心の揺らぎがそのまま投影されるんです。あの時の僕は、心のどこかで漁師を撮らなきゃとずっと感じていました。そういう揺らぎがあったわけです。その時もそうでした。夜に港を出て漁に同行してずっと漁師を撮影していて、でも、朝陽がのぼり始めた頃にふっと海を見たら、あの旗が立っていて。人の手で置かれた旗だから意志がある。でも、浮かんでいるブイだから波や風という自然の影響も受けている。でもね、そういう言葉はあとから感じたことであって、その時は無心でシャッターを切りました。つまり、撮らなきゃという思考から自由になれていた一枚でした」

この写真が心に残っているのにはもうひとつの理由があった。

「言ってしまえば、この海がすべてをのみ込んだわけですよね。そのうえで、やっぱりこの海といっしょに生きていくんだという決意みたいなものが、海に浮かんでいた旗に込められているように感じるんです」

竹沢が撮影した海の写真はもう1枚あり、北田はそちらを表紙に選ぶ。

竹内は少しだけ不安だった。波が打ち寄せている様子を俯瞰で撮影したその一枚は、津波を想起させるかもしれないと感じたからだ。

竹内は、「気仙沼つばき会」との写真セレクトの打ち合わせは、直接顔をあわせてすると決めていた。浅田政志の『気仙沼漁師カレンダー２０１６』でのやりとりからの反省である。

表紙から各月の写真の並びがわかるレイアウト案を北田が作成し、カラー出力をする。みんなで見られるように3部を用意。さらに、竹沢がプロユースのプリンターでＡ４サイズの写真サンプルを出力した。竹内はそれらの資料を持って気仙沼に向かった。

2代目会長の髙橋和江をはじめとする「気仙沼つばき会」８名のメンバーと東日本放送のドキュメンタリー番組スタッフが待っていた。用意された3部のサンプルを、それぞれのペースでめくっていく。３組にわかれて見ているはずなのに、なぜかページをめくるペースが同じで、3か所から同時に「うわぁ！」「すごーい！」という感嘆の声が響く。

その時、テレビカメラは、泣いている髙橋を捉えている。

うれし涙だった。髙橋は、竹沢が撮影した漁師と気仙沼の海の色彩に圧倒されたのだ。

竹内の不安は杞憂に終わる。津波を想起させるから、表紙を別の写真に差し替えてほしいとの意見を口にする者は、ひとりもいなかった。

7

写真家・奥山由之が『気仙沼漁師カレンダー』のオファーを受けたのは、26歳の時だった。デビューからわずか6年目ではあったが、「ポカリスエット」のコマーシャルでスチールと動画の撮影を手がけるなど、既にその存在が注目を集めていた２０１７年のこと。のちに続く10作までを含めても『気仙沼漁師カレンダー』歴代最年少の写真家である。

撮影スケジュールは、２０１７年10月11日から17日までの7日間に決定する。奥山に任せられたのは『気仙沼漁師カレンダー２０１９』だから、前年度の竹沢うるまに続いて、かなり早めのスタートということになる。

撮影香盤表には「？」のマークや空欄が目立った。回を重ねても、海のことは事前の予定が組めない。

それでも奥山は、気仙沼で精力的に動いていく。「気仙沼市魚市場」、サケ網漁師の船、フェリーで片道約25分の移動をした大島でのワカメ養殖の様子、そして、気仙沼市朝日町の「みらい造船」。震災で被害を受けた気仙沼の5社が１００年先の未来まで続く造船所をと結束して、２０１５年に設立されたばかりだった。新造船建造の様子をフィルムに収める。

奥山は、カレンダー撮影全体の半分ほどで「写ルンです」を使用していた。ピント合わせのいらない簡易式使い捨てカメラだ。残る半分を担ったのが、コンタックスのG2とT3。どちらも、比較的小型かつシャッター音が小さく、オートフォーカスであることが選ばれたポイントだった。奥山は、漁師に撮影されていることを極力意識させたくなかった。できれば、自分も乗組員のひとりのような存在になれたらとさえ願っていた。

カレンダーのあとがきで、漁師のことを「まるで初めて出会う生命体の様」と奥山は綴っている。本人がその言葉を補足する。

「舗装された道路やきれいなビルで生活している僕らとはまったく違う野性の本能を常に働かせている、それが漁師さんの印象でした。目の感じ、動き方、声の掛け方、それらすべてがいままでに接したことのないもので。しかも、僕は、酔い止め薬がぜんぜん効かずに、船酔いがずっとひどかったんですよ。酔っているので、本当は握ってはいけない船のパーツ……熱いところを触ってしまって火傷したりもして。船って乗りさえすれば目的地に着くわけじゃないんだな、自分は船に乗ることすらちゃんとできないんだなと感じたことも印象に残っています」

漁に同行した奥山が思い出したのは「ちゃんと怒られる現場のありがたさ」だった。海での漁師の仕事は命がかかっているから、経験のない若手への言葉は厳しかった。

駆け出しの頃の奥山は、編集者やスタイリストたちから怒られながら仕事を学んでいく。師匠のいない奥山にとっては、撮影現場が師だった。だから奥山は、かつての自分と重なる若手漁師たちに心の中でエールを送っている。ちゃんと怒られる現場が減ってやさしい現場が増えているのなら、自立と自律する心があれば、「抜きん出ることが楽な時代」ということ。奥山がいまの時代の風潮に感じる持論である。

奥山は「写真家と漁師は似ているところがある」と、深い部分で共感してもいた。

「第六感といわれるような、感覚でなにかを掴み取ろうとしている部分は、漁師さんと写真家はものすごく似ていると感じました。とくに、長年にわたって船頭として一線でやられている方は、レーダーに映る魚影などの科学的なデータも重視されるんでしょうけど、そこよりもさらに先のレベルにいこうとしたら、技術や理屈を超えなきゃ無理なんじゃないか。変な話ですけど、魚の気持ちすら想像して、天候や海にも集中して、視覚や聴覚や嗅覚じゃない第六感で獲っているんじゃないかって。ある取材で僕は『カメラマンはキャッチャーで世界がピッチャー』と言ったことがあるんですね。つまり、カメラマンは受け手であると。それでいうと、漁師さんも受け手ではないかと思うんです。『気仙沼漁師カレンダー』では、海から投げられているボールをキャッチしようとしている漁師さんがいて、その漁師さんから投げられているボールをキャッチしようとしている僕がいたような気がします。写真家と漁師は、ボールを受け取ろうとする感覚はすごく似ている。でも、それ以外は全部違う。漁師と写真家は、使っている道具も違うし、生活している場所も違いますから」

デザイナーは、奥山由之の指名により、書籍やブランドカタログ、店舗サインなどを手がける、黒田益朗が選ばれていた。

8

7日間で撮影された膨大な写真から、奥山のセレクトにより「表紙」「裏表紙」「中面大」「中面小」とカテゴライズされた写真61点が選ばれた。そのセレクトを基に、黒田がデザインプランを練り、竹内順平と奥山とで詰めていく。

竹内は、カレンダーの構成ができたのなら、今回もメールでのやりとりではなく「気仙沼つばき会」の面々に直接会うと決めていた。

結果的に、奥山の写真は絶賛され、表紙から各月の掲載写真が決定となる。

掲載写真が決まったなら文章である。キーワードからその事象を語りうる漁師を「気仙沼つばき会」のメンバーが探し、キャスティングを進めていく。

2018年4月2日から6日の5日が取材期間となった。

2018年5月16日には原稿が完成、写真がレイアウトされたデザインに文章がプラスされ、「気仙沼つばき会」と竹内で内容確認が詰められていく。前作はB４判と写真を大きく見られる判型に変更されたが、今作はＢ５判と週刊誌サイズほどの小さな判型となった。印刷予算との兼ね合いで、判型を小さくする代わりにページ数を増やして、なるべく多くの写真を掲載したいとの狙いであった。結果的に、本編48ページという分厚いカレンダーとなる。従来は１か月あたり２ページだったが４ページも割かれており、11月には「漁師の世界は１＋１が２じゃないのさ。」との見出しのあとに次の言葉が掲載された。

生まれ変わっても漁師さんを目指しますか？

出会う漁師さんすべてに聞いてみた。「もちろん！」「どうかな？」。答えは人それぞれだったけれど、17歳からこの世界に飛び込んだベテラン船頭の言葉は最高だった。

「生まれ変わったら、小さい頃からうんと勉強して東大に入るね。東大でも猛勉強して卒業したらいい会社入って、そういう世界を自分の目で見て、で、漁師に戻るな」

結局、漁師ってどういう男たちなんですか？

いろんな漁師さんに聞いてみた。

「口下手」「頑固」「酒飲み」。さまざまな答えが返ってきたけれど、70歳となったいまも現役の漁師さんの言葉は簡潔で深かった。

「漁師っつうのはさ、１＋１が２じゃねぇのさ。１＋１がずっと続いて答えが出ない。１

＋1＋1＋1＋1……って、ゴールがない。自然が相手だから、昨年がよかったから今年もいいなんてあるわけがない。だから、生きてる間はずっと勉強。40歳だろうが70歳だろうが、みんな漁師1年生。死ぬ時に『あぁ、やっと漁師を卒業だ』と思うんでねぇの？」

奥山は、前者の船頭の言葉に、特別な感銘を受けたという。

「最高にかっこいいと感じました。生き物として、ものすごく誠実で邪念がない。はっとさせられました。そういうところにも〝まるで初めて出会う生命体〟だと感じるのだと思います。漁をする目的には、たくさん魚を獲りたいだとか、家族を養いたいだとかの夢も抱いていると は思うのですが、漁師になったきっかけのひとつには、まだ見たことのない世界を見てみたいという純粋さが、どこかにあるんじゃないかと感じさせる言葉でした」

『気仙沼漁師カレンダー2019』は、10月7日に発売された。

その後、「第70回全国カレンダー展」の最高賞である「経済産業大臣賞」を受賞。これは、藤井保の第1作以来の受賞であり、地方の印刷所が担当したカレンダーでの快挙だった。最高賞はもちろんのこと、それ以外の各賞を受賞したカレンダーのほとんどが、東京を拠点とする印刷所だったからだ。

9

２０２４年６月、43歳になった須賀良央は、日門漁港で今日も漁師を続けている。

川島小鳥の『気仙沼漁師カレンダー２０１７』の撮影から８年がたっていた。須賀は気仙沼で結婚して、子どもが生まれて父親になった。長男は６歳だ。漁の合間に畑も耕しているから自給率は80パーセント。調味料は買わなければならなかったが、最近になってマヨネーズが作れることを知り、秘かに挑戦しようと思っている。

漁師になって以来、獲れる魚の種類をメモしてきた須賀によれば、日門の定置網漁では、８年前の40種類から56種類へと増えていた。

増えたのは、獲れる魚の種類だけではない。日門の定置網漁には、須賀に続いて移住者の漁師志望者が増えている。現在の日門港で一番の若手は23歳の大畑直樹。千葉工業大学でロボット機械工学を学んでいたが、漁師になることを夢見て中退した。日門の定置網漁のことをＳＮＳで知ったというのが、令和の漁師っぽい。

時代は変わり、漁師の世界も変わった。

須賀の変化も激動だった。２０１１年の震災をきっかけとして僧侶から漁師となった須賀だが、迷いを抱えながらの13年間でもあったと振り返る。

「漁師の世界に飛び込んだ最初の頃は毎日が葛藤でした。僧侶としての自分の無力感から漁師に憧れて自分もなったんですけど、半分僧侶で半分漁師という感覚でした。でも、僧侶は殺生をしてはいけないですよね？　なのに、漁師の僕は、魚を毎日殺生しているわけですから。漁師になってからの10年は、頑なに『俺は絶対に漁師を続けるんだ！』と思ったり、『いやいや、いつかは仏門へ戻るかもしれないな』と思ったり、時期によって揺れ動いていたんです。でも、最近は、もうどうでもいいやって。人生なにがあるのかわからないんだし、たとえば、20年後にひょんなことから僧侶をやっている可能性だってゼロじゃない。そんな先のことを考えてもしょうがないやって。手放しました」

須賀にとって、海の師匠は宮城県気仙沼市の漁師である菊地敏男だが、陸の師匠は静岡県浜松市の僧侶である父親だ。静岡県立焼津水産高校出身の父親は、漁師になりたかったそうだ。地元の寺の四男坊だったから、漁師の道を目指してもよかったはずなのに、なぜだか、浜松市の寺に婿養子で入ったらしい。自分が漁師になったから余計に、須賀は父親に詳しい話を聞けないでいる。

帰省する時の須賀は、父に孫の顔を見せるだけでなく、父が大好きな魚を持参すると決めている。昨年の夏休みの帰省では、気仙沼で獲ったスズキを自分でさばいて食べてもらった。

僧侶である父は、酒を飲まない。気仙沼のスズキを食べながら、シラフだけれど、まるで酔ったみたいに笑って父が言った。

「お前、好きに生きてるな」

須賀は、その言葉がうれしかった。心の奥底では、僧侶に戻ってほしいと思っているかもしれない父親が、漁師という仕事を認めてくれたようでもあったからだ。

第5章

気仙沼のルーキーたち

1

10年継続の目標を掲げた『気仙沼漁師カレンダー』は、奥山由之撮影の『気仙沼漁師カレンダー2019』で5作目、ちょうど折り返し地点に到達していた。それら5作品すべてを企画・販売した「気仙沼つばき会」のメンバーは女性限定という大原則は変わっていなかった。けれど、メンバー選びはより自由になり、職種も多様化していった。

どのようにして「気仙沼つばき会」のメンバーは多様化していったのか？

2代目会長の髙橋和江が「暗黙のルールがあるんです」と教えてくれた。

「前提として現会員の推薦があった人に限ります。自薦はなし。じゃあ、どんな職種の人を選ぶかというと、そこは自由なんですね。『気仙沼つばき会』は気仙沼の女将会と呼ばれることもあるから経営者が中心ではあるんですけど、そうじゃないメンバーも実際にいるので。むしろ、大切なのは〝こういう人はダメですよ〟という暗黙のルールでした。ふたつあります。ひとつは、代替案もなく反対する人。もうひとつは、陰で悪口を言う人。女性だけの会はこういうことだけは、気をつけなければダメだと考えました。このふたつのことに関しては、みんなにもちゃんと話したので、『気仙沼つばき会』にはひとりもいないはずです。そのおかげなのか、つばき会には派閥がないんですよね。あと、暗黙のルールではないんですけど、バックキャスティングが基本というのも私たちの特徴かもしれません」

「バックキャスティング」とは、最初に目標とする未来像を描き、そこから逆算して実現可能な道筋を模索すること。対になるのが「フォアキャスティング」で、現在を基点として過去のデータに重きを置いて実現可能な未来を予測していくことだ。

それぞれのアプローチにメリットとデメリットがある。「バックキャスティング」は既存の枠にとらわれない新しい発想で高い成果が得られることもあるが、実現不可能な目標を設定してしまうリスクを伴う。かつ、基本的には現状を考慮しないから、短期的な計画には向かないとされる。「フォアキャスティング」は、短期的な目標の実現には効果的で、現状ベースなので改善も可能だが、革新的な新しい未来は得られにくい。

もしも、『気仙沼漁師カレンダー』が「フォアキャスティング」でスタートをしたのなら、まずは「震災後の自分たちの状況」という現状分析から始まったことだろう。「予算はどうする？」「どうやって売る？」「そもそも漁師のカレンダーなんてニーズがあるか？」との現在を基点とする課題ばかりが浮かびあがって、頓挫していた可能性が高い。「気仙沼の漁師たちを世界に発信したい！」「10年続ける！」という「バックキャスティング」だったからこそ、まずは、作ってしまうところから始まっていた。

「気仙沼つばき会」のルーキーは、東京からの移住者だった。

2

2011年10月、立教大学社会学部2年生の根岸えまは、東日本大震災のボランティアとして、気仙沼市唐桑地区を訪れている。唐桑地区は、古くから漁業が盛んな地域だった。遠洋マグロ漁最盛期には「唐桑御殿」と呼ばれる豪奢な家屋が競うように並びたったほど。地理的には、岩手県陸前高田市との県境に位置する半島である。

2012年の1年間を休学して、根岸は唐桑への短期移住を経験する。同世代のボランティア学生や地元の若者たちと「からくわ丸」という町づくりサークルで活動をしつつ、元は馬小屋だった納屋を同世代の女性3人でシェアしての生活。親切な大家は、玄関でも勝手口でもない不思議な窓から出入りをさせてくれ、トイレと風呂を貸してくれた。

2013年は、大学に復学し、東京と唐桑を行き来していた。その年の11月に完成した『気仙沼漁師カレンダー2014』を目にしたのは、唐桑の知り合いの漁師宅だった。

「一丸《かずまる》さんだ!」「小濱くんも出てる!」と、カレンダーに掲載された知り合いの漁師の写真にみんなで盛り上がったが、根岸はほかの人とは少し違うことを感じていた。

「まず思ったのは『最高だな！』だったんですけど、『考えつかなかった！』とも感じました。2011年に唐桑を訪れた時、人生ではじめて出会った漁師さんという人種に衝撃を受けたんです。それまでの人生で、こんなにも仕事に誇りを持っている人たちに出会ったことがなかったからでした。たとえば、津波の時に漁師さんは、沖出しといって船を沖まで走らせて被害にあわないよう逃がす作業をするんですね。でも、それは本当に命がけの行為で、沖出しの途中で亡くなられた方もいて。唐桑の漁師の一丸さんもイチかバチかで沖出ししたひとりでした。一丸さんは、無事に戻って来られて、毎日少しずつ自分の漁具を歩きまわって拾い集めていたらしいんです。なのに、ある時、その漁具を盗まれてしまって、どん底の絶望感を味わって。私は、生まれてはじめて大の大人が目の前で泣くところを見たんですけど、『でも、俺には漁師しかない。漁師という仕事が誇りだから』って泣きながら一丸さんが言うんですよ。それで、きれいに切って皿の上に盛り付けた刺身を並べてくれて、『俺が釣ってきた魚だから残すなよ』って。今度は私が号泣でした」

根岸の言う「一丸さん」とは「第18一丸」の佐々木夫一船頭だ。『気仙沼漁師カレンダー2014』4月の掲載時で63歳のベテラン漁師である。

佐々木たちとの交流を通じて、根岸にとって漁師は尊敬するアイドル的な存在となった。そんな漁師のカレンダーを作った人たちが気仙沼にいることを知り、根岸は衝撃を受ける。

「当時の私は唐桑半島から出なかったんですよ。気仙沼市街から唐桑半島までは車で30分ぐらいとけっこうな距離があるから、気仙沼はあまり知らない町という印象でした。唐桑には『唐桑御殿つなかん』を経営している（菅野）一代さんがいてお世話になっていて。一代さんはつばき会のメンバーでしたから、『（斉藤）和枝さんっていう人と（小野寺）紀子さんっていう人がこのカレンダーを作っている』ぐらいの情報はあったんですけど、その程度でした。でも、自分にはない発想を持っていて、しかも実現した人がいるというのは、すごいなぁと思っていました」

翌年の『気仙沼漁師カレンダー』も楽しみにしていたが、発行される気配がなかった。

大学3年生となり、就職を意識する時期。根岸は、リクルートスーツを着ての就職活動はしていなかった。唯一、就職活動に近かったのが、東京でのアルバイトからインターン生となっていた一般社団法人「東の食の会」だった。東北の生産者と東京の飲食店をつなぐことをミッションとする活動内容が興味深かった。

「結局、2作目の『気仙沼漁師カレンダー』は発売されなかったので、つばき会さんが出さないんだったら、私が作りたいと考えました。だから一度、『東の食の会』の名刺と『気仙沼漁師カレンダー2014』を持って、気仙沼のアンカーコーヒーを訪ねているんです。紀子さんに『漁師カレンダーはもう作らないんですか？　もし作らないんだったら、私に作らせてください！』とお願いして。でも……あまりいい反応ではなかったんですよね」

根岸の来訪は、タイミングが悪かった。「ひとことで言うと、疲れ果てました」と斉藤和枝が振り返った、『気仙沼漁師カレンダー』が１年間休むことを決めた時期だったからだ。

東京に戻って大学４年生になると、根岸は卒業後の進路について思い悩む。

「東の食の会」の活動は興味深かったたし、内定の誘いをもらってもいた。それでも、まっすぐに就職を選ばなかったのは、ふたつの言葉があったからだ。ひとつは、「東の食の会」の代表・高橋大就の「東京で働くことはいつでもできるから。いまは東北の現場がいいと思う」。内定を出した側が東北を選べという懐の深いものだった。もうひとつは、気仙沼の町づくりサークル「からくわ丸」代表・加藤拓馬の「大人は正しいか正しくないかで決めろって言うけど、根岸には楽しいか楽しくないかを大切にしてほしい」。加藤の言葉にはっとさせられて、根岸が思い出したのは、楽しかった唐桑での日々だった。

２０１５年４月、23歳の根岸えまは、気仙沼市唐桑地区への移住を決める。

3

髙橋和江は、『気仙沼漁師カレンダー２０１６』制作時に、唐桑地区での撮影を考えていた。

２０１５年夏のことである。

移住した根岸えまは、加藤拓馬らと設立した「まるオフィス」という一般社団法人のメンバーになっており、唐桑地区の子どもたちに漁師体験をしてもらうなどの活動をしていた。

「できれば、若手の漁師さんだとありがたいですね」

髙橋からの要望に、根岸は小濱貴則を紹介する。唐桑地区で３代続くワカメ・ホタテ養殖家で、小濱は震災をきっかけに転職した若手漁師だった。髙橋は正式に撮影を依頼する。

撮影当日。根岸と雑談していた髙橋が突然言った。

「えまちゃん、つばき会に入らない？」

髙橋は、今回のやりとりで、根岸を気に入っていたのだ。「気仙沼つばき会」の暗黙のルールと照らしても間違いのない人柄だった。

根岸は、「はい！」と即答して、「でも、いいんですか？」と躊躇する。

即答の理由は、『気仙沼漁師カレンダー』作りにかかわりたいとずっと願っていたからだったが、躊躇の理由は、「気仙沼つばき会」が女将会と聞いていたから。経営者ではない自分が参加するのはおこがましいのではないかという疑問だった。

躊躇の理由を告げると「そんなのいいのよ。入って」と髙橋は笑った。

しかし、「気仙沼つばき会」への入会は「ここからが本番でした」と根岸が振り返る。

「２０１５年年末の忘年会か、次の年の新年会だったと思うんですけど、みなさんが集まっているところへ挨拶にうかがったんです。つばき会のメンバーが15人ぐらいいるところに参加させてもらって、髙橋和江さんが『えまちゃんです』と紹介してくれたんですね。でも、ぜんぜんまったく、ウェルカムな雰囲気ではなくて」

１対多。緊張しながらも根岸が挨拶をすると、メンバーから質問が飛んだ。

「どうしてあなたは、つばき会に入りたいの？」

根岸は経験していないが、リクルートスーツを着た就職活動時の集団面接のよう。（だって、髙橋会長が誘ってくれたから！）とは絶対に言えない雰囲気のなか、根岸は肚《はら》をくくって、本当に思っていることを口にした。

「私にとって漁師さんは、尊敬するアイドル的存在なんです。つばき会に入れたら、漁師カレンダー作りに携わりたいと思っています」

一瞬の静寂ののち、大きな拍手が鳴り響いた。

満面の笑みの小野寺紀子の言葉が、根岸には格別にうれしかった。

「あなたみたいな人を待ってました！」

根岸は「気仙沼つばき会」の正式メンバーとなり、川島小鳥撮影の『気仙沼漁師カレンダー２０１７』から、待望のカレンダー作りに本格的にかかわっていく。

4

「気仙沼つばき会」に根岸えまというルーキーが加わったように、気仙沼の漁師にも新しい力が加わっていた。根岸が髙橋和江に紹介した若手漁師の小濱貴則もそのひとりだ。

震災後の2012年、25歳の小濱は、ワカメ・ホタテ養殖の漁師となった。祖父の代から続く家業であり、被災した父親を手伝おうと転職を決めたのだ。藤井保撮影の『気仙沼漁師カレンダー2014』では、2月と12月に登場しており、2月では自分が育てたワカメといっしょに、12月は若手漁師仲間とともに撮影されていた。

「写真撮影のことは、覚えていないんですけど、その頃の自分の気持ちみたいなものはよく覚えています。漁師はやればやっただけお金になるっていう実感が、ものすごくあった。自分もそうだったんですけど、サラリーマンはどうしたって固定給だから。でも、実際にやってみた漁師はめちゃくちゃ過酷でもありました。カレンダーの取材の時には言えなかったんですけど、親父に殺されるんじゃないかと思っていましたから。朝の3時から夕方6時までずっと休みなくいっしょに働いて。しかも、海の上が職場でしょ？　ただでさえ揺れるのに、海が荒れたり、潮が速いとさらに安定しない。そういうことのすべてがはじめての経験で、緊張と不安しかなかったです。しかも、普段はやさしい親父が、船の上だとめちゃめちゃ厳しかったですし」

漁師に必要とされるロープワークは、陸にあがってからも練習しなければ覚えられなかった。車と違ってブレーキのない船を運転できるようになるのに5年かかった。不思議なのは、過酷な漁師仕事なのに、「うれしい」とか「楽しい」とか「好きだな」と思う瞬間があることだった。サラリーマン時代は、「早く給料日がこないかな」としか考えておらず、仕事そのものへの喜怒哀楽はなかった。

2014年には東京・下北沢で特別な経験をする。根岸の企画で、自分が育てた気仙沼のホタテを焼いて売ったのだ。漁師らしくカッパを着ろと言われて、その姿でホタテを焼いてみると、2日間で驚くほどの数が売れた。しかも、目の前で食べている人が口々に「めちゃめちゃおいしい！」と感動している。直接耳に届く言葉がうれしかった。

漁師を尊敬する根岸という企画者の存在もあって、小濱は漁師の魅力や仕事の実情をイベントや取材で発信している。奥山由之が撮影した『気仙沼漁師カレンダー2019』では、写真撮影はなく、インタビューのみの取材にも協力してくれていた。9月、港で少年が佇《たたず》んでいる写真に「いつかの少年が父になって知ったこと。」とタイトルをつけた私は、子どもが生まれた漁師が語る自身の変化を聞いてみたかったのだ。小濱は2年前に子どもが生まれていた。

「2016年にはじめての子が生まれたんですけど、3日間の難産でした。だから、ずっと付き添っていたんですけど、守るものがあるって感覚がはじめてわかりました。仕事もいっそう気合が入るつぅか。でも、一番変わったのは、親父の背中のでかさに気づけたことです。なんでそんな甘いことを思ったのか、いまでもよくわかんないんですけど、震災があった時に親父の養殖場だけは安全だって思い込んでいたんですよね。でも、実際は全部流されて、船の沖出しも命がけでやって、ゼロから復興させていって。その姿をずっと見ていたら、親父の代でこの養殖業が終わっちゃうのが、もったいないなってすごく思ったんですよ。だから、被災して会社解雇されて再雇用で働いていたけど、『ワカメやります！』って会社をやめたんです」

２０２４年６月の小濱は、漁師になって干支が一周するキャリアを重ねていた。「一人前の漁師ってどんな感じですか？」と聞くと「経営、漁場の管理、実際の養殖のスキル……全部をひとりでできるのが一人前の漁師だと思います。親父に手伝ってもらっている俺は、だから、まだまだなんです」と笑った。

5

「気仙沼つばき会」にも、続々と新しい力が加わっていく。

鈴木アユミが、東京から生まれ故郷の気仙沼市唐桑地区に戻ったのは、２０１３年のことだった。33歳でのUターンである。

2008年8月、鈴木は東京の原宿に事務所を構えるデザイン会社で、デザイナーとして働き始めていた。中学生の頃から美術に興味を持ち、仙台市内の美術科のある高校に進学、その後、山形県の東北芸術工科大学に進み、夢を叶えて上京した。東京の電車の路線は複雑で切符の買い方すらわからなかったし、標準語の「傘をさす」を「傘かぶる」と地元の言葉で言って笑われたりもしたが、毎日が刺激的だった。担当していたのは、ファッション雑誌とのコラボレーションによる雑貨や商品パッケージのデザイン。すれ違う人が、自分のデザインした雑貨を身につけていると（私がデザインしたやつ！）と内心で叫びたくなるほどにうれしかったし、やりがいを感じる仕事だった。

2011年3月11日、東日本大震災。

唐桑の家族は無事だったが、実家は流されてしまう。震災から1週間後、東京に住む兄妹たちと車に物資を詰め込んで気仙沼市に戻った。想像以上の被害に言葉を失い、一刻も早く地元・唐桑地区に帰りたいと願ったが、両親が反対した。

「いま、こっちに帰ってきても、なんにもできないぞ」

震災直後の気仙沼市には、命にまつわる仕事はあっても、デザイナーにできることなどひとつもなかったのだ。東京に戻ると、ふとした瞬間に違和感を抱くようになった。デザインしてきたものに関する喜びの感情がすべて震災前と真逆になってしまったような感覚。

(デザインなんてなんの役に立つんだろう?)

2012年、東日本大震災をめぐる気仙沼市の状況が、少しずつ変わり始めた。復旧から復興へとフェーズが変わり、新しく工場が建てられたり、復興イベントや、新しい商品の開発が始まり、ようやくデザインの力が求められるようになってきた。

そんなタイミングで、天啓のようなチャンスが飛び込んでくる。

鈴木の実家から徒歩10分のところで、「震災復興リーダー支援プロジェクト」のひとつ「右腕プログラム」で、デザイナーの募集があったのだ。東北の復興に向けた事業やプロジェクトに取り組むリーダーのもとに、〝右腕〟となる有能かつ意欲ある若手人材を派遣することを狙いとする募集で、求められていたのは地元には存在しない能力やスキルを持つ人材だった。

すぐに応募して採用された鈴木が、原宿から故郷へと戻ったのが2013年だった。

「右腕プログラム」として1年間、デザイナーとして活動をしたのち、新たにデザイン事務所を立ち上げたのは2014年だった。

6

気仙沼に戻った鈴木が仕事を通じて感じたのは、３年前の自問（デザインなんてなんの役に立つんだろう？）への、自分なりの回答だった。

「東京にいる時は、誰が使うかわからないし、誰が作っているのかもわからないものでも流行を追っかけながらデザインをしていたと思うんです。もちろん、東京にはいろいろなデザイナーさんがいらっしゃるので〝私の東京時代は〟という意味です。でも、気仙沼でのデザインの仕事は、クライアントさんや購入されるお客さまひとりひとりと向き合った、なんというか、マンツーマン的だったんですよ。たとえば、江戸時代の創業で歴史ある『横田屋本店』さんの海苔のパッケージを担当させてもらったことがありました。東北地方で、はじめて海苔を販売した歴史ある企業なんですけど、その事実があまり知られていなかった。そこで、企業のストーリーをヒアリングして、絵巻のようなデザインに落とし込んだんです。そしたら『こういうことです！』と担当の方が泣いて喜んでくださって。私も泣いちゃいました」

気仙沼でのデザインのやりがいがみえた鈴木だったが、不慣れだったのは「経営」だった。会社勤務のデザイナーだった彼女は、請求書一枚すら発行した経験がない。

加えて、鈴木が帰ってきた時期の気仙沼には、デザイナーという職業が存在していなかった。「Illustrator」を使える印刷会社の人がデザインも兼務してパッケージ等を制作していたから、デザインに対して金銭を支払うという感覚がなかったのだ。「ホヤの塩辛」のパッケージデザインをしたら、薄型のコンテナ容器いっぱいの「ホヤ」がギャランティだったこともある。物々交換ではなくても、安価なギャランティのチラシのデザインなどの仕事が大半だった。

それでも、懸命に仕事をこなしていった。

2年で300案件ほどの仕事を請け負ったというから、その激務が想像できるが、持続不可能な働き方だった。「代表を出せ」「私です」「女が代表なのか？」というジェンダー差別にも心をすり減らした。限界が近づいていた。

そんな時に誘われたのが、2016年の「経営未来塾5期生」である。

「経営未来塾」は震災後の2013年、「東北未来創造イニシアティブ」が主導し、マッキンゼー・アンド・カンパニー、トーマツ、博報堂などの企業が協力していた。経営に関する勉強会ではなく、卒塾した翌日から実践可能な事業構想書が書けることを目標とするプログラムで、経営や事業戦略、マーケティングなどの各業界で活躍中の専門講師によるワークショップも充実していた。半年間の受講で参加費用は無料。

鈴木が「捨て身の参加でした」と振り返る。

「『経営未来塾』では、半年間の講義の最後に気仙沼市長も来てくれるような場で、7分間のプレゼンをするんですね。なにも資料を見ずに、そらんじての発表スタイルで。めちゃめちゃ緊張するプレゼンなんですけど、私はひとりでひたすらデザインの仕事を引き受けていることの限界を感じていたので、『気仙沼をデザイナーやクリエイターが集う町にします』と。『そのためには、気仙沼の生産者さんや事業者さんとクリエイターをつなぐハブになります。ハブになるためには、まずはデザインとはなにかを知ってもらわなきゃいけないので、子どもたちがデザインを学べる教育事業をスタートさせます』と発表しました」

語尾を「スタートさせます」と言い切るのは、「経営未来塾」での学びのひとつだった。言い切ることでうまれる責任や決意が、物事を好転させることがあるからだ。

鈴木のプレゼンに感銘を受けたのが「気仙沼つばき会」2代目会長の髙橋和江だった。髙橋は「経営未来塾」の卒塾生としてこの日のプレゼンを聞き入っていた。

「アユミさん、つばき会に入らない？」

自分がおもしろいと感じた人や出来事に素直に反応する髙橋は、「経営未来塾」のプレゼンから時を置かずして、鈴木をスカウトしている。

2017年の「気仙沼つばき会」新年会から、鈴木は、デザイナーとしてではなく、漁師町・唐桑地区育ちの鈴木アユミとして、『気仙沼漁師カレンダー』の制作に参加していく。気仙沼で覚えた趣味のサーフィンでつながったのが、日門漁港の漁師・須賀良央であった。

7

前出のように、写真家・川島小鳥が『気仙沼漁師カレンダー２０１７』で撮影した「亀の湯」は、２０１7年5月6日、１３１年の歴史に幕を閉じていた。「気仙沼魚市場」から徒歩約10分と近く、仕事終わりで気軽に汗を流せる「亀の湯」は、漁師たちから愛されていた。気仙沼市には温泉や銭湯が複数存在するが、〝気軽に〟というのが漁師のニーズだった。

漁師たちの声に胸を痛めていたのが、斉藤和枝と小野寺紀子だ。

彼女たちは気仙沼市の会議などに参加するたびに、「仕事終わりの漁師さんが銭湯にも行けない港町ってどう思います?」と問題提起した。行政関係者も耳を貸してくれたが、震災後の鉄道と同様の課題があった。ＪＲ気仙沼線のうち、宮城県登米市の柳津《やないづ》駅から気仙沼駅がとくに大きな被害を受けたが、震災以前から問題だったのは利用者数が減り続けていたこと。赤字路線だったのだ。被害にあった線路を敷き直すには莫大な予算が必要となる。見込まれる利用客数では採算がとれない。そこで、解決策として採用されたのが「気仙沼線ＢＲＴ（Bus Rapid Transit)」だった。ＪＲ気仙沼線の鉄道線路ルートを活かして専用バスで走らせるシステムである。

銭湯の問題も同様だった。斉藤と小野寺にとっては漁師ファーストだが、「亀の湯」も利用者数が減っていた。しかも、銭湯を再建するには専用のボイラーなどを含めて、８０００万から1億円が必要との見積り。ひとり４４０円の入浴料で、採算がとれるわけがない。市内の実力者や、県外の企業などに相談を重ねると、土地を無料で提供してくれるなどの理解者はいたが、うわものの予算の課題が残った。

課題は「うわものの予算」「人件費」「港近くの場所」である。

「うわものの予算」は、「トレーラーハウス型の風呂」が解決してくれた。専用ボイラーが必要な「亀の湯」再建に比べれば格安で、実際の使い勝手も悪くなさそうだ。

「人件費」は、斉藤が妙案を思い付く。銭湯と併せて食堂を作るのはどうか。食堂のおばちゃんが銭湯の番台の役割も兼ねる。銭湯の売り上げは当てにせず、食堂の売り上げで人件費をまかなうようにすれば採算がとれそうだ。

最後の課題の「港近くの場所」は、あっさりとクリアできた。小野寺の従兄弟が経営する「小野寺鐵工所」が、かさ上げ工事で移転するので魚市場周辺の土地を貸してくれることになっていたからだ。ただし、その土地は広すぎた。約３００坪の敷地に、トレーラーハウス型の銭湯と食堂があるだけでは、あまりにも寂しすぎる。

最後の課題は「港近くの場所が広すぎる」に変更された。

しばらくの間、妙案が浮かばずにいたが、プロジェクトが動き出したのは偶然だった。

小野寺が母親と東京へ行った帰途のこと。普段ならば新幹線の指定席を予約するのだが、時間に余裕があるので自由席にしようとホームで待っていると、目の前に並んでいたのが気仙沼の知人、菅原工業の社員だった。菅原工業は、気仙沼の土木工事業を担ってきた建設会社である。東京での偶然を喜びあっていると、その知人が小野寺に相談をしてきた。

「気仙沼にどっか土地がないですかね？　実は、うちで働いてくれるインドネシアの子たちのためにモスクを建てたいんですよ」

菅原工業は、2013年からインドネシアからの実習生を受け入れたことをきっかけとして、現地に合弁会社を設立していた。ハラルに関する知識を学ぶうちに、気仙沼のインドネシア人実習生たちがモスクで祈りを捧げるには、片道2時間をかけて仙台にまで行かなければならないという事情を知った。

「土地、あります！」

菅原工業は、トレーラーハウス仕様というアイデアにも共感し、正式に「モスク」と「インドネシア料理」のふたつの施設で斉藤と小野寺のプロジェクトに参加することを決める。「銭湯」と「食堂」のほかにも、「沖縄料理」「テキサス&メキシカン料理」「バー」の出店が次々と決まった約300坪の複合施設は、「みしおね横丁」と命名された。

8

２０１９年7月26日、気仙沼市魚市場前4丁目に「みしおね横丁」がオープンした。銭湯と食堂、それぞれの名前も「鶴亀の湯」と「鶴亀食堂」と決まっていく。気仙沼の漁師たちに愛された「亀の湯」への敬意を込めたネーミングである。

２店舗の開業資金は４０００万円。そのうちの１０００万円は気仙沼市の創造的産業復興支援事業の助成金、１４００万円は地元の事業者や市民からの寄付、１０００万円は気仙沼信用金庫からの借入金、残りの６００万円はクラウドファンディングでの寄付を予定していた。クラウドファンディングは、最終的に６２９万５００円を集めて目標を達成する。

「鶴亀の湯」は、仕事終わりの漁師たちのためというのが第一義であったが、法令的に女湯も必要であるため、女性でも事前予約を入れておけば入浴できる。男湯には、縁起を大切にする漁師たちのために神棚が作られている。船上での漁師は海水の風呂を利用しているから、もちろん真水から沸かす。こちらも、一般の人でも利用可能だ。朝7時から営業しているのは、仕事終わりの漁師にとっての一番湯でありたかったからだ。「鶴亀食堂」も朝7時からの営業。すぐ近くの魚市場からの新鮮な食材で作る、気仙沼の母の味を目指した食堂だった。

この2店舗を「私、やります！」と手をあげたのが、根岸えまだった。

斉藤和枝や小野寺紀子と同様の熱量で漁師を尊敬する「気仙沼つばき会」のルーキーは、「銭湯はもちろん食堂にめちゃめちゃ興味がありました」と言う。

「漁師さんのための銭湯も素敵だなと感じたんですけど、食堂は魂が震えました。たぶん、私のどこかに、観光客としての視点が残っていたからじゃないですかね。私、静岡県の清水港に行ったとしたら、おいしいシラス丼を出してくれるごはん屋さんを探しちゃうんです。でも、気仙沼は、こんなに素晴らしい魚市場があるのに、朝からやっているごはん屋さんが近くにない。だから、友達が東京から遊びに来てくれても、コンビニでサンドイッチを買って食べたりしてて、味気ないなぁとずっと思っていたんです」

根岸は「鶴亀食堂」を切り盛りしている自分を妄想した。

「あ、私これ、できるなって直感しました。しかも、市場の近くのごはん屋さんということは、私の尊敬する漁師さんが、ごはんを食べに向こうから会いに来てくれるわけじゃないですか。そんな最高な職場は、絶対ほかの誰にもやらせたくないと思いました。天職だなって」

根岸がイメージした「鶴亀食堂」は「漁師さんが長靴で入ってこれる店」であった。オープン当初は我慢していたけれど、きれいすぎるカウンターが気になって、年末年始の食堂が休みの時期に自分で研磨工具のサンダーを使ってニスを落として味を出した。

「気仙沼に移住してから一度も後悔したことないですし、ずっと楽しいです。本格的に移住した頃は古民家を3人でシェアしていたんですけど、月5万円もあれば暮らせたし、ご近所の漁師さんが獲れたての魚をくれるから食費なんてほぼゼロでしたから。しかも、『気仙沼漁師カレンダー』作りに参加できて、『鶴亀食堂』も任せてもらえて。だから、移住を決断する時に背中を押してくれた『東の食の会』の高橋（大就）代表と『からくわ丸』でいっしょだった加藤拓馬の言葉には本当に感謝しています。ただ、あとになって知ったんですけど、加藤の言葉は漫画『宇宙兄弟』のシャロンという登場人物の名言だったらしいんですけど」

『気仙沼漁師カレンダー』と「鶴亀食堂」のふたつに携わる根岸ならではの経験もあった。

写真家・竹沢うるまが撮影した『気仙沼漁師カレンダー2018』の2月に横顔が掲載され、「同じ月を見てる。」との文章とともに紹介された船頭が「鶴亀食堂」に来店してくれたのだ。すぐに気づいた根岸は「カレンダー見ました！　最高にかっこよかったです！」と興奮して憧れの存在に想いの丈を伝えたという。

第6章

震災10年目の暦

1

6作目となる『気仙沼漁師カレンダー２０２０』の撮影担当には、前康輔が選ばれる。俳優、芸人、アイドル、アスリートなど、人物撮影の評価が高い写真家である。（「俳優」や「アイドル」という著名人ではなく「漁師」という市井《しせい》の人を撮ったらどうなるのか？）と、プロデューサーの竹内順平はイメージしていた。

前の撮影は通常のサイクルだったが、7作目の写真家に幡野広志が決まったことから、異例のスケジュールが組まれていく。幡野の撮影開始予定が通常よりも早いのは、彼が血液の癌である多発性骨髄腫という難病を患っていたからだ。発症は２０１７年、医師の余命宣告もあった。時間のない可能性がある。しかも、撮影回数4回は、幡野のたっての希望だった。

幡野を推薦したのも竹内であった。２０１２年に狩猟免許を取得し、猪や鹿などの狩りの様子を収めた幡野の写真を見た竹内は（山の生き物の狩りを経験している写真家が、海の生き物の狩りをしている漁師を撮影したらどうなるのか？）と興味をかきたてられていた。

幡野の事情があるとはいえ、スケジュール的には異例の2作連続撮影。

ふたりのスケジュールを書き出してみると、次のようになる。

2018年8月16日から21日（前康輔）
2019年1月29日から31日（幡野広志）
2019年2月2日から5日（前康輔）
2019年4月1日から4日（幡野広志）
2019年8月18日から22日（幡野広志）
2019年12月9日から12日（幡野広志）

スケジュールの過密さは、竹内と「気仙沼つばき会」に、実務レベルで影響を与えたものの、6作目以降の『気仙沼漁師カレンダー』が直面していたのは、クリエイティブの課題だった。

1作目の藤井保から5作目の奥山由之までの写真家たちが〝気仙沼で漁師を撮る〟ための作風や手法を模索し続け、「気仙沼つばき会」が、写真家の要望を実現できる体制を整えていった。「鶴亀食堂」を切り盛りする根岸えまや、東京から気仙沼市へとUターンしたデザイナーの鈴木アユミだけでなく、米、調味料、酒などの船舶仕込み業を営む「株式会社倉元」の社長、齋藤和代や、結婚をきっかけとして2014年に京都から移住してきた小柳朋子など、『気仙沼漁師カレンダー』の現場を仕切れる「気仙沼つばき会」メンバーも増えていた。

だが、撮影に協力的な船や漁師は決まってきており、同じ被写体が選ばれることも増えてきていた。漁の様子、魚の水揚げ、「出船おくり」といった、漁師の仕事や撮影に適した場面も固定化されていた。

6作目以降の写真家からすると、被写体や撮影場面の〝かぶり〟がどうしても生じてしまう。バリエーションが限られてしまうのだ。後半戦に挑む写真家たちには（いかに前任者たちが撮影していない写真を撮るか？）という命題が課せられることとなる。

2

前康輔は「大型船」への乗船を強く望んだ。

小型船での漁は、竹沢うるまや奥山由之が撮影していたが「大型船」は、いまだかつてない撮影プランだった。竹内順平を通して、「気仙沼つばき会」に相談したところ、カツオの一本釣り漁に同行できそうとのこと。さっそく、２０１８年8月16日から21日の撮影香盤表に「カツオの一本釣り乗船」と記された。ただし、時間の欄は「?」。『気仙沼漁師カレンダー』撮影の歴史を過去5回積み上げても、あいかわらず、海のことは「予定は未定」であった。

幸いにも、「カツオの一本釣り乗船」の予定は現実のものとなる。

宮崎県の「第23海徳丸」への乗船が許されたのだ。2泊3日（予定）の漁であり、比較的短い行程で、撮影予定が組みやすいことも追い風になった。『気仙沼漁師カレンダー２０２０』で目指すは、誰も撮影していない豪快なカツオの一本釣り漁の写真。そもそも、気仙沼の夏のカツオ漁は花形でもあり、前年の２０１７年まで生鮮カツオ水揚げ21年連続日本一を記録していた。カレンダーのなかの一枚としても希少価値が高い。

前は、気合を入れるとともに、飲み薬から手のツボに刺すタイプのものまで、各種酔い止め薬を服用してから船に乗り込んだ。自分の要望をかなえてもらっておいて、船酔いで写真が撮れませんでしたなどという言い訳は許されない。

８月18日、早朝４時50分。「よし、行くぞ！」といった合図もなく、淡々と船は気仙沼港から沖を目指していく。制作チームで、乗船が許されたのは前と竹内のふたり。「第23海徳丸」を率いるのは、漁師歴28年の東徹《ひがしとおる》船頭、48歳。クルーのなかにはインドネシア人漁師も含まれていた。

気仙沼港を出てから４時間半後のこと。トラブルが発生してしまう。

カツオの餌となるイワシを海上の「餌場」で確保して、船内に積み込む作業をしている時、漁師のひとりが体調を崩していることが判明したのだ。東の判断は迅速だった。病人とふたりで近場の陸で下船、タクシーで病院へ直行した。船に残った仲間には気仙沼へ戻るように指示を出しておき、15時すぎに「第23海徳丸」へ東が合流すると、ふたたびの出航。約10時間のロ

スは釣果を考えると痛いけれど、体調を崩したクルーが、大事に至らなかったことがなにより
だった。

翌日。カツオ船漁師たちの朝は早かった。3時の起床。竹内は（目覚まし時計もないのに起きれるのかな？）と不安だったが杞憂に終わる。枕元というのも妙な表現だが、枕の下から鳴り響くエンジン音が著しく変わるので、すっと自然に起きられた。この環境に慣れている漁師たちは当然のごとく目を覚まし、ぞろぞろと起床していく。太陽が昇り、水平線がうっすらと赤く染まる4時に朝食。日本人もインドネシア人も、みな一様に食べるのが速い。4時20分頃には、エンジン音のストロークが速まり、東がクジラやジンベイザメを探し始める。

なぜ、クジラやジンベイザメなのか。

カツオには、海流の表層を群れで泳ぐ習性があり、ほかの生物といっしょに泳ぐことが知られている。「クジラ付き群れ」と呼ばれるカツオの集団が行動をともにするのがクジラであり、「サメ付き群れ」と呼ばれる集団がいっしょに泳ぐのがジンベイザメ。ほかにも鳥の群れといっしょに泳ぐ「鳥付き群れ」や、漂流木材の下をついてくる「木付き群れ」などがあり、カツオの習性を熟知したうえで漁をするのが一本釣りだ。東がクジラやジンベイザメを探したのは、カツオの釣り場を求めてのことであった。

東の判断で釣り場が決まると、船から大量の水が噴射され始めた。

同時に餌となるイワシを水の噴射に散りばめる。カツオに餌の群れを見つけたと勘違いさせる仕組みだ。カツオの一本釣りでは、針にかえしがついていないので、釣り上げたカツオを甲板でリリースすることで、次々と釣り上げることができる。達人になるほど、いちいち手を使わずに、ひょいっと手首のスナップでカツオを甲板に落とし、次の獲物を狙って海へと竿を戻していく。

9時55分の昼食までに、「第23海徳丸」は4・5トンの釣果を達成した。

漁師は休まない。東の判断で同じ釣り場に2時間留まることもあれば、20分で離れることもあったが、とにかく釣っている間は休まない。前も休まなかった。バタバタと甲板に釣り上げられていくカツオに興奮しつつ、それでもどこかで冷静に、決定的な写真を少なくとも2枚は捉えていた。1枚はいままさに釣り上げられたカツオが針をくわえたままで空中に浮いていて時間がとまったかのような写真。あまりにも見事な瞬間なので、まるでCG加工を施したかのようだ。もう1枚は手前に水飛沫《みずしぶき》が舞い、そのうしろで漁師たちが一心不乱にカツオを釣っている臨場感あふれる写真だった。後者はカレンダーの7月に掲載されることになる。

東はトラブルの時間を取り戻そうとするように、漁場を探し、移動を繰り返した。

「第23海徳丸」が気仙沼港に戻ったのは、4日後の深夜2時であった。

前出のとおり、２０１７年時点での気仙沼港は、生鮮カツオ水揚げ21年連続日本一を記録している。21年連続ということは、２０１１年の東日本大震災の年にも日本一の水揚げを記録したということ。気仙沼港でのカツオの初水揚げは、例年5月末から6月上旬であった。3月11日からは3か月にも満たない。にもかかわらず、前康輔たちを同乗させてくれた「第23海徳丸」の東徹船頭も、２０１１年6月に気仙沼でカツオの水揚げをしている。

宮崎県の漁師である東が、気仙沼の印象と震災の日のことを教えてくれた。

「気仙沼は故郷の宮崎と同じ匂いがして、大好きな町なんです。２０１１年の3月11日は九州にいて、そのまま漁を続けて6月に気仙沼に乗り込んで。うちの乗組員はみんな泣いていました。港の景色がいままでとまったく違っていたから。でもね、こうも思っていたんです。気仙沼、すげぇなって。だって、わずか3か月でカツオを水揚げさせてもらえたんですから」

東の感嘆は、海のプロの言葉だけに重みを持つ。

たしかに、気仙沼港は壊滅的な被害を受けていた。津波でなにもかも流され、海で船が燃え、船や家屋が瓦礫《がれき》と化して海底に沈んでいた。なのになぜ、連続日本一の記録は途絶えなかったのか。

２０１１年３月20日、震災から９日後のこと。気仙沼漁業協同組合組合長の佐藤亮輔は、市場に集まった２００人ほどの漁業関係者に向かって宣言した。

「６月になったら、市場開場するぞ！」

なんの根拠もない言葉だった。佐藤は、気仙沼市の漁業関係者みんなの想いがそう言わせたと述懐している。

「ａｕの携帯しか使えない時期でした。もちろん、自宅の電話も使えない。そもそも、自宅が流されてなくなってしまった人も多かったですから。なのに、人間って本能みたいなものがあるんでしょうかね。そんな時期だったのに、２００人もの人が集まってくれて。でもね、みんな下を向いて、明るくはないわけです。私はみんなを集めた立場のひとりでしたから、なにかを言わなきゃいけない。それで、言っちゃったんです。『６月になったら、市場開場するぞ！』って。そうしたら、ぱーっとみんなの顔が明るくなったんですよ。じゃあ、具体的にどうするか。あれもこれもやらなくていい。それぞれ各自が、いままでやってきたことを最小限でいいから復活させてくれとお願いしました」

気仙沼にとって、カツオは単なる魚ではなかった。

マグロも気仙沼にとって重要な魚ではあるが、カツオは、より多くの人の手によって商売が成り立つ魚だ。1匹のカツオを入れる発泡スチロールの箱と袋を作る人、その箱や袋に入れる氷を作る人、製氷業にかかわる人がいて、県外へ鮮度の高いまま出荷・運搬するトラックのドライバーも必要だ。カツオ船の漁師が休息のために陸に上がれば、タクシーに乗り、スナックなどの飲食店でお金を落としてくれる。気仙沼には、そうしたサービス業で生計を立てる人たちもいた。

いっぽうで、漁師たちがなぜ生鮮カツオの水揚げに気仙沼を選ぶのかといえば、いくつかの理由があった。まずは「いい値段で買ってもらえること」。出荷業者が多数存在することで、需要が安定し価格も安定する。次に「たしかなバックアップ体制」。気仙沼港近くには、定置網漁関係者が多数存在するからイワシなどの餌を補給できるところが豊富であり、船の修理が可能な造船所もある。そして「飲食店の充実」。漁師にとって陸での休息は大切な時間であり、気仙沼にはさまざまな飲食店が多数点在している。

だから、6月だったのだ。カツオは震災からの復興にあわせて回遊してくれない。水揚げは6月と決まっている。もし、このタイミングを逃せば、1年後になってしまってカツオ船にとっても気仙沼にとっても致命傷だ。

佐藤たちは動いた。

カツオ船が水揚げするためには、水路の確保が必要だった。瓦礫の除去と港のかさ上げは宮城県の管轄だったので、「カツオ船が入れる分だけでいいですから」と担当者との交渉を重ねていく。

そして、氷。水揚げしたカツオの鮮度を保つには氷が欠かせないのだが、幸いにも被災せずに済んだ製氷工場の2階部分に機械が残っていた。あとは電気と水。東北電力に掛け合うも、「あなただけじゃなくてみんなが困っているんです」と当初は言われてしまう。「個人の話なんかじゃない。カツオは気仙沼みんなの生活にかかわるんです」と、佐藤たちは何度も通って説得を続け、ようやく見通しがたつ。水に関しても同様だった。

だが、県外の漁業関係者は、まさか気仙沼港が6月の再開を目指しているとは思いもしなかった。「やっぱり今年の気仙沼はダメらしい」、そんな不安の声がひろがっていた。宮崎県や高知県のカツオ漁関係者にとっても、死活問題である。

佐藤たちは、製氷業者とカツオ漁に必要な餌を獲る定置網漁関係者を引き連れて、東京へ向かった。カツオ漁関係者の集まりが東京で開かれると聞いたからだった。

「6月に気仙沼の港を開けますから。大丈夫ですから」

その言葉は、根性論などではなく、製氷業者と定置網漁関係者を引き連れてのワンチームだったことに説得力があった。港のかさ上げのことも伝えた。「だったら、今年も気仙沼に」と宮崎県や高知県のカツオ漁関係者が約束してくれた。

そして、6月28日。震災後初となるカツオの水揚げが実現する。

「35トンでした。うれしかったのはカツオ船漁師たちの心意気でした。彼らにしてみたら獲れ高が多いほうが稼げていいに決まってるのに、『今年は気仙沼が受け入れ可能な分だけ獲って、水揚げすっから』と」

東日本大震災でも、2023年には、気仙沼港の生鮮カツオ水揚げ日本一の連続記録を途絶えさせることはできなかった。27年連続日本一と記録を伸ばしている。

前康輔によるカツオの一本釣りの決定的な2枚の写真も掲載された『気仙沼漁師カレンダー2020』は、10月1日に発売された。

4

写真家の幡野広志が、従来の『気仙沼漁師カレンダー』よりも多い4回の撮影を希望したのは（いかに前任者たちが撮影していない写真を撮るか？）という課題のためだった。

幡野は「とにかく時間をかけて攻めよう」と決める。

「最初にプロデューサーの竹内（順平）さんから撮影依頼をいただいた時は、ものすごく光栄だとは思いつつも、『やります、やります！』という即答ではありませんでした。それは、これだけの写真家が撮影しているプロジェクトであり、今後を含めて10年続くものであると。単発でなく線であることを考えた時に、足を引っ張りたくないなと思ったんです。その反面、自分がどれぐらい、このメンバーに通用するんだろうと挑むような気持ちもありました。だから、やると決めた時には時間で攻めようと。とにかく時間をかけて量を撮る。量を撮れば質がうまれる。そうでもしないと、歴代の写真家の方に肩を並べられないと思ったので」

デザイナーは「白い立体」の吉田昌平が選ばれた。マガジンハウス社『ＰＯＰＥＹＥ』のアートディレクターに抜擢されたデザイナーであり、写真家・森山大道の写真をコラージュした作品で注目のアーティストでもあった。

吉田と竹内順平、そして幡野とで打ち合わせを重ねるうちに、いままでにない仕様のカレンダー制作を目指そうと吉田主導のアイディアが出る。デザイナーとしても、カレンダーという機能を求められるメディアという大前提があるなかで、過去作とは違うものを考えなければならない。３人が目指した〝いままでにない仕様のカレンダー〟は、雑誌スタイルだった。読むカレンダーとも呼べるものであり、前年度同様のＢ４判サイズだが、縦にして開いていく想定。１か月ごとに文章が掲載されるのも従来どおりだったが、その文字数が増え、しかも、幡野が綴るという案だ。

幡野には『ぼくが子どものころ、ほしかった親になる。』などの著書や、各メディアで連載を持つなど文筆家の肩書きもあったから、決して無謀なキャスティングではなかった。幡野もそのアイデアを快諾。写真の質を撮る量で補完するだけでなく、自分の感じたことを文章にすることでの相乗効果を狙えるのもおもしろいと感じたのだ。

こうして、4回の撮影は、4回の取材を兼ねることとなった。

これまでの写真家たちも撮影時に漁師とコミュニケーションをとるタイプはいたが、幡野の場合は原稿を書くことを前提とした取材であった。「出船おくり」では、これから1年間の航海に出るマグロ漁船の新人漁師をインタビューし、「みらい造船」では働き始めたばかりの女性社員の話を聞き、ひとりでタラ漁に励む漁師とは出港から帰港まで仕事の邪魔にならない範囲で撮影し、言葉を探した。

幡野には、とくに印象に残った漁師がいる。

ワカメの養殖、定置網漁、タコ籠漁などに従事している尾形哲夫、71歳だ。

尾形の調整・アテンドをしたのは「気仙沼つばき会」の根岸えまだった。幡野のリクエストは「漁師さんの休日のすごし方や人柄を知りたい」。そこで、普段から交流のあった尾形に聞いてみると、「釣りでもいいか？」と言う。竹内を通してその旨を幡野に確認してみると「普段からされているのならぜひ」。すんなりと撮影が決まった。

取材当日、根岸は愕然《がくぜん》とする。尾形は持参した立派な釣り竿とは裏腹に、いかにも不器用に竿を扱うではないか。聞いてみると、釣りが趣味ではなかったのだ。

幡野が写真だけでなく、文章も担当したことがここで活きる。『気仙沼漁師カレンダー２０２１』１月には、大きな写真で海をバックにした尾形が立派な釣り竿を左手に持って、いい表情を浮かべている。ほかにも、小さな写真が４点。前日に仕込んでおいた魚を針につけ、いかにもいま釣り上げたかのように〝ヤラセ〟で撮影したものが含まれていた。

幡野は大きな写真に「ヤラセをしたあとに、一仕事おえた表情をしていた。」とのユーモラスな見出しを添えて、次のような文章で尾形のことを紹介している。

「釣りなんかしたことねーもん」と漁師さんがいいはなった。どうやら前日に友人の漁師さんから釣り竿をかりたそうだ。前日にとれた魚をつけ、釣りをしているイメージの演技までしてくれた。つまりヤラセだ。どうせやるなら釣竿を使う漁師さんのほうが演技が巧いのではないだろうか。

「なんで撮影を断らなかったんですか？」と漁師さんに聞いてみた。どう考えても普通は断る。「だって、お前らがなんかいろいろ頑張ってるから、助けてやりたかったんだよ」と答えてくれた。

おもいもよらず漁師さんの人柄を知ることができた。

根岸と漁師のやりとりを、幡野はおもしろいと感じていた。

「根岸さんに『お前らがなんかいろいろ頑張ってるから』と漁師さんが照れくさそうに言った時、過去の『気仙沼漁師カレンダー』を撮影された方たちが確たる実績を作ってくれたからこそ、こういう撮影ができるんだなって感じたんですよ。これが1作目や2作目だったら、『なんなんだ、お前ら?』と漁師さんに言われて終わりだったはずですから。僕の時は、拒否されるということがまずなかったので、その点は本当にありがたかったです」

幡野にとって2回目の撮影が始まった「2019年4月1日」は、令和に年号が改まった時でもあった。官房長官による新元号発表の生放送を、一ノ関駅から気仙沼駅へと向かう大船渡線内でのスマートフォンで、幡野は見聞きしている。

5

2019年夏から、幡野広志による3回目と4回目の撮影と取材が重ねられた。8月18日から22日と12月9日から12日の期間である。

すべての撮影後、幡野はデザイナーの吉田昌平に写真セレクトを一任する。打ち合わせをするごとに彼の仕事が信用できたからだった。吉田は雑誌スタイルの〝読むカレンダー〟のデザインを進めていく。見出し部分の書き文字を幡野自身に依頼するなど、従来の『気仙沼漁師カレンダー』シリーズにはない軽妙さがデザインによって演出されていく。幡野の文章には独自のユーモア感覚があって、いままでにない魅力があった。

2020年1月13日、デザインラフ完成。

恒例の「気仙沼つばき会」へのセレクト写真確認では、2枚の写真が要相談となった。

1枚は「ハーモニカ」だった。

ハーモニカとはメカジキの背びれ付け根から取れる希少部位のことで、その煮付けのおいしそうな写真を、吉田は見開き1枚の大きなサイズ感でレイアウトしていた。吉田だけでなく、幡野にとっても、東京では目にしたことのない料理であり、「気仙沼でいちばん印象に残っている料理は、メカジキのハーモニカという部位の煮付けだ。ご当地グルメの代表のひとつだとおもう」との文章を添えようと考えていた写真だった。

ところが、気仙沼に住む「気仙沼つばき会」からすれば、あまりにも見慣れた写真にすぎなかった。ということは、多くのユーザーである気仙沼の人々にとっても、1か月見続けるには厳しい。その理由に納得した吉田は、すぐさまデザインの変更を加えている。大きく使っていたハーモニカの写真を小さくレイアウトし、そのメカジキを獲ることに携わったかもしれないと想像できるような、働く漁師の写真大小2枚を新たに加えたのだ。のちに添えられる幡野の文章とあわせてストーリーが紡がれるような1か月分のデザインだった。

「気仙沼つばき会」は、そのデザインに納得し、変更案で進行となる。

もう1枚は「漁船のコンロで温められた缶コーヒー」だった。

こちらも、「気仙沼つばき会」の感覚としては、当たり前すぎる写真だった。

吉田と幡野は、この写真には狙いがあることを伝えるべきだと考えた。漁船と温められた缶コーヒーが当たり前だというのはそのとおりなのだが、幡野には（若い漁師といっしょに漁に出て缶コーヒーを飲みながら話したことを文章で添えてみたい）という狙いがあった。打ち合わせでそのことを知っていた吉田は、幡野に見出しのコピーを手書きでしたためるよう依頼する。写真に言葉をプラスすることで伝わり方が変わると、理屈ではなく実際のビジュアルで「気仙沼つばき会」に補足説明したかったからだ。

幡野の考えたコピーは「缶コーヒーってあまりのまなくなったけど　海を見ながらのむ缶コーヒーは、一味ちがう。」。吉田は、すぐにデザイン変更し、写真の上に手書きの味のあるコピーを載せて、「気仙沼つばき会」に再提出した。彼女たちから届いた返事は「とっても理解できました！　この写真のままでお願いします！」であった。

『気仙沼漁師カレンダー２０２１』は10月2日に発売される。震災から10年目の暦を伝えるカレンダーの完成であった。前出のとおり、カレンダーの巻末には、シリーズ１作目から「気仙沼つばき会」の謝辞が添えられているのだが、震災から10年目の巻末を飾る言葉は、特別な趣があった。


震災からの復興の歩みは、たしかなようでもあり、行きつ、戻りつ遅々としているようでもあり、田舎だからかな、などと思ったところにコロナ禍となり、世はまた大きく変わろうとしています。

漁師カレンダーのために写されたこの瞬間、笑顔がますます愛おしいものに思えます。

幡野さんの写真はひと時としてとどまらない時を優しく両手で汲み取るように留め、正直な言葉が一層、今年こそ幡野さんにお願いできたご縁に、嬉しく、ありがたく思います。

今年も多くの方々のご尽力により気仙沼漁師カレンダーをお届けします。捲る度、どんな日であっても、大切な日常であることに改めて感謝する気持ちになります。


ほどなくして朗報が届く。『気仙沼漁師カレンダー２０２１』が「第72回全国カレンダー展」

の最高賞である「経済産業大臣賞」を受賞しただけにとどまらず、その評価は海を越えて、欧州最大のカレンダー展である「グレゴール・カレンダー・アワード」においてBRONZEを受賞した。

7

プロデューサーの竹内順平は、このプロジェクトが10年継続することを目標とする性格上、バリエーションのひとつとして「女性写真家」と「外国人写真家」の起用を漠然と考えることがあった。ふたつのキーワードである「女性写真家」と「外国人写真家」を意識しながら、写真集を購入したり、個展を見に行ったりしていたが、市橋織江の『TOWN』という写真集と出会ったことで、具体的なビジョンがひろがっていく。

古き慣習に縛られず、気仙沼市でも女性漁師が活躍するようになっていた時代背景もあった。それでもなお、女性写真家が船に乗れないことはあるだろうが（市橋さんならいままでとはまた違う魅力のカレンダーが撮れるかもしれない）と竹内は思い至る。

「気仙沼つばき会」は竹内の提案にもろ手をあげて賛同する。竹内以上に、女性写真家が撮る『気仙沼漁師カレンダー』を楽しみにしている様子だった。

２０２０年2月、竹内はいつものように丁寧な依頼を市橋に送る。

市橋からは「少し考えさせてください」との返信が届いたが、しばらく待ってみても進展がなかった。

市橋の返事よりも先に、大きく動いたのは世の中だった。

２０２０年4月7日、埼玉県、千葉県、東京都、神奈川県、大阪府、兵庫県、福岡県の7都府県を対象に、「新型コロナウイルス感染症緊急事態宣言」が発出される。その後、新規陽性者が1回目のピークを迎えた同月から5月にかけて、全国47都道府県が同宣言の対象地域となっていくのだった。

第7章

コロナ禍の継続

1

「新型コロナウイルス感染症緊急事態宣言」は、『気仙沼漁師カレンダー2022』の制作にも影響を与えていた。世界的パンデミックを引き起こした未知のウイルスに対する正しい処し方など、誰にもわかるはずがない。

プロデューサーの竹内順平も、そのひとりだった。

東京での仕事は、すべてがストップした。

「気仙沼つばき会」メンバーの本業も同様であった。

しかし、コロナ禍であろうと『気仙沼漁師カレンダー』の継続を目指すことで両者の想いは共通していた。その後、写真家の市橋織江から快諾のメールが届き、仮の撮影スケジュールも組まれたが、新型コロナウイルスへの対応が難しかった。

竹内は抗原検査をスタッフに実施し、その結果を提出するなどしたうえでの撮影を提案する。だが、「気仙沼つばき会」が感じていた気仙沼市民の感覚は、県外からの人の流入をよしとしていなかった。相談の結果、予定されていた市橋の撮影は、一旦見合わせることとなった。

竹内は、市橋による新規の撮影ではなく、藤井保から受け継がれた歴代の写真家たちによるアーカイブ写真をまとめてカレンダーを作るプランも考えていた。けれど、妙案とは思えない。

２０２０年6月より、「気仙沼つばき会」３代目会長となった斉藤和枝と相談を重ねるなか、竹内は斉藤の次の言葉に救われる。

「もしも撮れなかったら撮れなかったで、その時は……お休みしますか？」

斉藤のやわらかな回答に、竹内の肚は決まった。

『気仙沼漁師カレンダー２０２２』は、市橋による新規撮影の可能性を模索し続けて、それでもダメだったら、ジタバタせずにあきらめよう。

5月25日、緊急事態宣言が解除される。

解除後も、新規陽性者数の増減は一進一退ではあったが、8作目となる『気仙沼漁師カレンダー２０２２』では、２０２０年8月16日から20日と、２０２１年2月8日から11日の2回の撮影予定が組まれたのだった。

2

市橋織江は、撮影テーマを事前に練らないタイプの写真家であった。

実は、『気仙沼漁師カレンダー２０２２』の依頼への返答が遅れたのも、絶対にやってみたい撮影ではあるけれど、自分にいったいどのような写真が撮れるのだろうかと自問自答をしているうちに、時間ばかりがすぎてしまったのだった。撮影予定日が決まってからも同様で、真剣に考えてはみるものの、これといったテーマが思い浮かばなかった。

そんな写真家にとって、撮影回数が2回あったのは幸いだった。

1回目の撮影は、とにかくシャッターを切りまくると決める。写真を撮り続けているうちにみえてくるものがきっとあるはずだ。

夏の撮影となった1回目、２０２０年8月16日から20日では、サンマ船の「出船おくり」に集う人々や「気仙沼市魚市場」で働く漁業関係者、日門漁港の定置網漁の漁師や大島のワカメ養殖漁師などを撮影していく。

新型コロナウイルスは、第2波の時期であり、酒類を提供する飲食店などで営業時間の短縮要請が行われていた。7月22日からは、政府の観光支援事業「ＧｏＴｏトラベル」が東京都発着分を除いてスタートしている。恒例だった「気仙沼つばき会」と写真家が夕食をともにする親睦会も自粛となるが、無事に撮影できたことがなによりの成果であった。

とくに、8月20日の気仙沼港での「第58昭福丸」の「魚倉」撮影は、『気仙沼漁師カレンダー』史上初の出来事だった。

「魚倉」とは、漁獲物を保管するところで、大型漁船では冷凍設備が完備されているのが常である。「第58昭福丸」は大型の遠洋マグロはえ縄漁船であり、マイナス60度の保冷能力を誇る冷凍庫完備の「魚倉」があった。

　マイナス60度の極寒のなかで作業する漁師たちは、目出し帽をかぶり、特製の綿の防寒ジャケットを身に纏《まと》った完全防寒スタイルだ。ダウンジャケットではなく、綿の防寒ジャケットなのは、凍ったマグロは鋭利な石のようなものなので、一般的なダウン素材では破れてしまうから。さらに、ダウン素材はクッション性がなく、冷凍マグロが当たると痛いため、厚手の布製の表地に綿のインナー素材をプラスすることでクッション性を保持できるよう工夫している。防寒性能にもすぐれており、南極大陸でも使用できるレベル。

　市橋は『気仙沼漁師カレンダー』の撮影ならば特別にと「魚倉」に入ることを許された。「魚倉」がある船底に梯子《はしご》で降りていく。たどり着く直前、市橋に漁師の激しい声が飛んだ。

「お前、なんで降りてきたんだ！」

　怒声の理由は、半袖Tシャツ1枚という軽装だったからだ。市橋も「魚倉」がマイナス60度だと聞いていたのだが、まさか撮影できるとは思っておらず、興奮して勢いで降りてしまったのだ。

「死ぬぞ！」

　漁師がもう一度叫んだ。その言葉を一番リアルに感じていたのは市橋だった。うまく息ができない。それでも息の続く限り撮影すると、急いで梯子をのぼり、息を整える。特製の綿の防寒ジャケットと目出し帽を借りて、再度、梯子を降りていった。完全防寒スタイルで撮影した写真は、その後完成する『気仙沼漁師カレンダー2022』の9月を飾る一枚となる。

3

2020年2月、最新鋭の遠洋マグロはえ縄漁船として完成したのが「第1昭福丸」だった。高精度の気象海象データを入手できる「POLARIS」を搭載し、国内のマグロ船では革新的な試みとなるWi‐Fiを完備。これにより、海上でも動画を楽しんだり、家族と連絡をとることが可能となった。内外装デザインは、2021年の東京五輪で聖火台を手がけた佐藤オオキ率いる「nendo」と、乃村工藝社のチーフデザイナーで「ヒルトン福岡シーホーク」の空間デザインを担当した青野恵太がタッグを組んだ。

2020年3月、「第1昭福丸」は大西洋を目指して、約10か月の初航海へと旅立っている。水揚げ予定地は、静岡県清水港。気仙沼の新しき光のような船の存在に「気仙沼つばき会」が注目しないわけがない。同年12月、竹内順平に「清水港での初水揚げの様子を撮影、取材してきてほしい」との依頼が届く。当初予定していた2回の撮影に追加してのオファーだ。すぐに写真家・市橋織江にスケジュールを相談すると、幸いにも確保できた。

２０２１年１月21日、市橋と撮影チームは静岡県清水港にいた。

年が明けても、コロナ禍は収まっておらず、１月７日には、東京、埼玉、千葉、神奈川の１都３県を対象に２回目の緊急事態宣言が発出されていたが、清水港での撮影と取材には支障がなかった。漁師はマスクをせずに、黙々と作業をしている。クレーンにぶら下げられた30匹以上の冷凍クロマグロは、まるで巨大な果物のようだ。豪快な水揚げの様子を、市橋がフィルムに収めていく。

作業の合間をぬってインタビューも行われた。小山涼太船長に聞いた「第１昭福丸」初航海のエピソードは、やはりコロナ禍と無縁ではなかった。

マグロはえ縄漁船は、日本から比較的近い太平洋とインド洋の漁場と、日本から見て地球の反対側である大西洋の漁場を目指す船とにわかれる。「第１昭福丸」は、大西洋を目指して３月に気仙沼港から出港していたが、徐々に新型コロナウイルスの影響を受けていく。

４月、バリ島のベノアでは、上陸が許されて観光する余裕もあったが、異国の地で上陸できたのはこれが最後だった。南アフリカのケープタウンでは、船からおりて堤防内の散歩することは許されたが、他船の漁師との会話すら禁止だった。スペイン領カナリア諸島に位置するラス・パルマス港では、現地のルールでは上陸可能だったのだが、「第１昭福丸」は自主的に外出禁止とした。

そうして、ようやく戻ってきた日本であり、清水港だった。

初航海を成功させた60歳の小山範浩船頭にも話を聞いた。小山船頭は、小山涼太船長の父親でもある。「年内の予約がとれない高級ホテルへようこそ」と冗談をひとつはさみ、新造船による初航海を振り返る。

「水産高校を卒業して、19歳の5月から船に乗ってってから、もう41年ですか。いろいろありましたよ。ベーリング海とかオホーツク海の北洋に行きたくてね。北洋のサケマス船に乗ったんですけど、乗った瞬間から減船になってしまって。その船がマグロはえ縄漁もできる船だったもんだから、そこからずっと、はえ縄一筋なんです。遠洋マグロは19歳から。沖で二十歳になったからね。その頃から考えると、いま船にＷｉ‐Ｆｉ環境が整っているなんて信じられない。そりゃあ、漁師の世界も変わりました。昔は乗組員もオール日本人だったけど、インドネシア人船員が増えてもきているしね。でも、やっぱり、自然が相手だから、板子一枚下は地獄っつうかね。海に落ちたらまず助からない。変わらないことは変わらない。だからこそ、次の世代には学んでほしいんです。船の動かし方ひとつにしても、大切なのは経験だと思うから」

小山船長が最新鋭について補足してくれた。

「最新鋭でいえば、ＭＳＣ（Marine Stewardship Council）認証を取得していることが一番なんじゃないかなと思います。ＭＳＣ認証というのはサステナブルな漁を実現するために、環境への影響を最小限に抑えるなど、厳しい取得条件があるんですね。いまのところ、マグロ船でMSC認証を取得できているのは、世界でもうちの船だけなんで、それはちょっと胸を張れますね」

そもそもなぜ、「第1昭福丸」は最新鋭にこだわったのか。

船主であり、気仙沼市の漁業会社・臼福本店社長の臼井壯太朗が、清水港での初水揚げを見守りながら自身の想いを言葉にした。

「私の夢だったからです。若い人たちからすると、いままでの漁船は魚臭かったり作業船に近いマイナスイメージがあったと思うんですね。そうじゃなくて、漁師さんにとっての船というのは、10か月以上をともにする、動く職場であり、家でもあるはずだと。だったら、なるべく陸上に近いような生活環境を整えたかった。私は漁師じゃありません。魚は獲れない。でも、船主の仕事ってコーディネイター業だと思っているんです。漁師町・気仙沼には、さまざまな漁業関連のプロフェッショナルがいる。船を整備する人、餌を手配する人、食料を積む人。いかにして、それぞれのプロに集まっていただいてプロの仕事をしてもらうか。その中心的存在の漁師さんがどれほどかっこいいかを我々は知っているけれど、若い世代からももっとリスペクトされるべき職業だと思うんです。そして、若者にも漁師を目指してほしい。『第1昭福丸』は、そのための挑戦でした」

市橋のマグロ船撮影は、清水港で終わりではなかった。

２０２１年2月、清水港から気仙沼港へ戻った「第１昭福丸」は、整備のために「みらい造船」入りしていた。整備といっても普通自動車を町の整備工場でみてもらうのとはスケールが違う。総重量４８６トンの同船が、海から陸へと引き上げられ、普段は沈んでいる船底までを露わにした姿は圧巻だった。「みらい造船」で整備される遠洋マグロ船を撮影したのも市橋がはじめてのこと。コロナ禍であったというのに、結果的に市橋は（いかに前任者たちが撮影していない写真を撮るか？）という命題をクリアしていくのだった。

4

『気仙沼漁師カレンダー２０２２』は、コロナ禍の只中で撮影された一作だった。

市橋織江は、マスクをしている人物の撮影をなるべく避けている。カレンダーとして残るものなのに、みんながマスクしているのはよくないのではないかと感じたからだ。

「でも、漁師さんはほとんどマスクしていなかったので、ありがたかったですね」

そう振り返る市橋には、１度目の撮影が終わったあとの記憶が鮮明に残っている。

撮影を始める前に歴代のカレンダーを見た市橋は、多くの写真家が決定的瞬間を狙っていると感じていた。漁師の撮影なのだからそれは自然な狙いであり、市橋もそれに倣って、決定的瞬間を撮影しようと努めていた。

だから市橋は、「気仙沼つばき会」に「毎日船に乗りたいです」と相談している。

「気仙沼つばき会」は、2回にわたる撮影期間のすべての日に、その願いをかなえていく。

自分なりに懸命に撮影をし、東京に戻った時のこと。アトリエの暗室で一枚一枚プリントして、焼き上がった写真を白い壁に貼ってみた。

その写真は見て、市橋は安堵していた。

たとえば港に集まった年配の漁師が雑談しているようななにげない写真に手ごたえがあったし、なにをどう撮っても、自分の写真は自分の写真でしかないと腑に落ちたからだ。決定的じゃなくても、なにげない瞬間でもいいのかもしれない。

そんな市橋が「なにげない瞬間」を撮影した印象的な一枚の写真がある。

8月に掲載された、唐桑地区の御崎《おさき》神社で豊漁を祈るふたりの漁師。後日、この「なにげない瞬間」の写真が、じつは「決定的な瞬間」を捉えたものだとわかった。偶然撮影したその人物は、2018年度の全国近海カツオ一本釣り漁船漁獲高で日本一に輝き、〝土佐の風雲児〟として知られる「第88佐賀明神丸」の森下靖船頭だったのである。そうとは知らず、なにげない瞬間だと思った市橋は、1度しかシャッターを切っていない。

市橋は『気仙沼漁師カレンダー』初の女性写真家であった。「気仙沼つばき会」は『気仙沼漁師カレンダー2022』のあとがきで〈初めてお目にかかった時の市橋氏の華奢なイメージは、しなやかで、潮に汚れてかっこいいに変わります。〉と彼女への賛辞を贈っている。


市橋の撮影期間中はコロナ禍だったが、気仙沼市には特別な出来事もあった。NHK連続テレビ小説『おかえりモネ』が、2021年5月17日から10月29日まで放送されたのだ。東日本大震災から10年の節目として、NHK東日本大震災プロジェクトの一環でもあり、作品の舞台は宮城県気仙沼市と登米市であった。

同作の脚本家・安達奈緒子は、気仙沼市と登米市での取材を経て執筆した。『気仙沼漁師カレンダー2023』でのインタビューでは、漁師と「気仙沼つばき会」に共通する〝視野〟についで語っている。

「漁師の方からは恐怖に対するたたずまいが違うと感じました。自然を相手にしていて怖いものを知っているからこそのたたずまいというか。もしも私が船に乗らせてもらったら、落ちたら怖いぞダメだぞって言い聞かせると思うんですね。でも、漁師というプロフェッショナルは、それが仕事だし一分一秒が日常茶飯事だから。そんな気仙沼の漁師の方は、明るいというのも失礼な言葉ですし、強いというのも不遜な気がするんですけれど、大きな傷と癒えない思いも抱えているはずなのに、訪れた私のほうが元気づけられたんです。つばき会の女将さんたちもそう。漁師さんたちへのリスペクトをものすごく感じましたし、海に出る者と港を守る者という役割分担がきっちりとできていて。まるで、中島みゆきさんの『糸』の縦糸と横糸のような素敵な関係だなぁと感じました。しかも、両者に共通しているのが視野の広さで、目が日本国内に向いていない気がしたんですよ。みなさんが海側に目線が行っていて、外国を見ているというより、もはや地球を見ているのではって」

安達の鋭い分析とは裏腹に、『おかえりモネ』放送時の彼女たちの視線は、テレビに釘付けだった。しかも、漁師役の俳優のひとりが『気仙沼漁師カレンダー』を役作りの参考にしているとテレビで語っているのを見た彼女たちは「わー」と喜び、お互いがお互いに向かって拍手を送りあった。

5

『気仙沼漁師カレンダー２０２３』には、写真集『耕す人』で農業の風景を追い続けた公文健太郎が選ばれる。（農家という第１次産業の方を撮影してきた写真家が撮る漁師とは？）が竹内順平のキャスティング理由。２０２１年8月16日から20日と２０２２年３月16日から20日の2回の撮影スケジュールが組まれる。

公文は「漁師と風景」というテーマを、撮影を繰り返しながら固めていく。

公文には、不思議な魅力があった。

日門漁港の漁師である須賀良央は、３作目の『気仙沼漁師カレンダー２０１７』の写真家・川島小鳥をはじめ、「気仙沼つばき会」の撮影相談に協力することが地元漁師の義務とさえ考えていた。そんな須賀をして、「写真家さんは、みなさん気配を消してこちらの仕事の邪魔をしないのが絶妙にうまいんですけど、僕らに溶け込むほど自然だったのは、だんぜん公文さんですね。まるで、何年かいっしょに働いている漁師仲間のようでした」と感じさせる、場になじむ力のようなものがあった。

『気仙沼漁師カレンダー２０２３』は、各月を彩るのが写真と暦だけというシンプルかつ堂々とした構成となる。上下に見開くと縦型の写真がどんと掲載されるのは、はじめての試み。コロナ禍だからこそ、束の間の時間でも、気仙沼の漁師や風景を眺めることでなにかを感じてもらえたのなら。そんな願いを込めた構成であった。

さらに公文は、撮影だけでなく、出会った漁師や見つめた景色についての短文を寄せている。その集大成ともいえるあとがきが、カレンダーの最後を飾っている。

初めての土地を旅するとき、そこが海辺の町なら僕はまず漁港に足を運ぶ。昼間の漁港には長閑《のどか》な時間が流れ、朝の漁を終えた色黒のおじさんが網の手入れをしている。その横に座って町の話を聞いていると、ブラック缶コーヒーを差し出される。時々舞い降りるカモメ。貝殻がいっぱいこびり付いた漁具が積み上がっている。「明日の朝、船に乗るか」と誘ってもらう。漁を終えた小さな船は灯台を横切り、港内をゆっくりと船着場へと進む。まだ暗いうちに出港した海辺の町が昨日と全く違って見える。どこか自分の家に帰ってきたような安心感が湧いてくる。僕は沖で魚一匹獲らず、漁師の仕草を写真におさめてきただけなのに、なぜか大きなことをした気分になって、胸を張りたくなる。その時間を経て、僕は初めて堂々と町を歩き写真を撮ることができるのだ。

気仙沼港にカツオ船が戻ってきた。虹色に光る魚体が市場に差し込む光で照らされている。水揚げを終えた船はピカピカに磨き上げられ、少しの間港に繋がれることとなる。船と岸壁を結ぶ細い橋を何度もしならせ、船員たちが下船する。「行ってらっしゃい」と声をかけると、悪ガキのようにニタリと笑い、踵を踏み潰した靴を引きずって去っていった。海の上では、どんなに大きなカツオ船も地引網船もちっぽけな船でしかない。漁師はその小さな船で、大きな大きな海に向き合っている。波に揺られ、網をひき、魚と格闘する。

そりゃあ漁師はかっこいいはずだ。胸を張るはずだ。ちょっとぐらい威張っているはずだ。町を背負っているはずだ。その当たり前のことになるほどと気づいた。

公文は、写真だけでなく文章でも、漁師と気仙沼の町に溶け込んでいた。

6

公文が、『気仙沼漁師カレンダー２０２３』の日々で強烈に思い出すのは、2回目の撮影時に起こった大きな地震のことである。

２０２２年3月16日23時36分頃。震源地は福島県沖。気仙沼市の震度は5弱であり、東日本大震災後としては最大のものだった。

「その時間は、酒を飲んでひとりで寝ていたんです。そしたら、ものすごく揺れて。僕は関西出身なんですけど、阪神淡路大震災の時は東京に出てきていたし、東北の震災の時はブラジルにいたんですね。だから、大きな揺れを経験したことがなくて、たぶん、人生で一番揺れた瞬間でした。サイレンがものすごく鳴って、めちゃめちゃ怖くて。すぐにプロデューサーの竹内(順平)さんに連絡を入れました」

竹内は、翌日の撮影について斉藤和枝と連絡を取り合っていた。「撮影はやめましょう」との斉藤の判断で、翌日の予定はすべてキャンセルとなる。

竹内からキャンセルを知らされた公文は、不安のためになかなか眠れず、朝方には借りていた車で安波山へ向かった。気仙沼市を一望できる小高い場所であり、2作目以降の歴代の写真家たちが必ず撮影して、『気仙沼漁師カレンダー』の末尾に掲載されてきた気仙沼市の変化を伝える定点撮影地点だ。

「写真にも写っているんですけど、なんらかの光源が点滅しているんです。おそらく信号だと思うんですけど、非常モードのように点滅していて、でも、音はしないからものすごく静かで。海で動いている船はいませんでした。前の夜から感じていたのは、気仙沼の人たちの避難が徹底していたことです。とにかく、みんな急いで避難をしていたし、町全体に緊張感がみなぎっていました。逆説的ではあるんですけど、その時にはじめて、東日本大震災がいかに大きな出来事であったかを体感できました」

前出のとおり、公文は東日本大震災の時にブラジルにいた。朝食で賑《にぎ》わうリオデジャネイロの街角のカフェの小さなテレビに津波の映像が流れた瞬間、カフェ全体が音を失ったことをいまでも覚えている。帰国してすぐに被災地へ向かったが、カメラを持って海岸線の町を巡れども、ほとんどなにも撮ることができなかった。

「撮れなかった理由は、自分が日本に目を向けていなかったというか、日本についても、東北についても、なにも知らないという無力感でした。いや、無力感じゃないな。こんなんじゃダメだと、ものすごく思ったんです。日本にとって大きな出来事なのに、自分が写真家として残すべきものが見出せないということがとてつもなくショックでした。それまでは、ネパールやブラジルといった海外に目を向けていたのですが、これからは日本に目を向けようと決めて。ならば第1次産業だろうと、『耕す人』や『暦川』という写真集で、農家の方を撮影していくようになったんです」

公文に（こんなんじゃダメだ！）と最初に思わせた町が気仙沼だった。

つまり、ほとんどなにも写真を撮ることができなかった最初の町が気仙沼だったのだ。

震災が起きた時、支援物資を届けるならばまず知り合いからと考えた公文は、気仙沼市の日本料理店「宮登」を訪ねている。同店の若女将が同窓生という縁があったからだ。縁でさかのぼるのならば、20代前半の頃、妻とふたりではじめての泊りでの旅に選んだ地が気仙沼だった。「けせんぬま」という言葉の響きがふたりで気になって、青春18きっぷで訪れている。

２０１１年には、なにも撮影できなかった町で、２０２１年と２０２２年の公文健太郎は数多の写真を撮影した。『気仙沼漁師カレンダー２０２３』は、10月13日に発売された。

新型コロナウイルス禍の3年間でも『気仙沼漁師カレンダー』は、その歩みを止めることがなかった。それだけでなく、この3年間で「気仙沼つばき会」にも新しい力が加わっていく。

2022年2月、奈良県出身の植田恵子は、48歳で「気仙沼つばき会」のメンバーとなった。植田は、映像ドキュメンタリーのフリーランスのディレクターである。1970年にスタートしたドキュメンタリー番組『NNNドキュメント』にて放送された『なかったことに、したかった。未成年の性被害①』『なかったことに、できない。性被害②回復への道は』の連作で、第46回放送文化基金賞「テレビドキュメンタリー番組部門」最優秀賞を受賞している。

植田と気仙沼市との縁もまた、テレビ番組の取材だった。

7

2011年7月、植田恵子は、東日本大震災の取材のために気仙沼市大島を訪れた。

震災時の大島は、気仙沼市との唯一のアクセス手段であるフェリーをはじめとする海路が壊滅状態となり、孤立していた。そのため、被災直後から島の人々は火災の鎮火や、行方不明者の捜索、物資の運搬に奔走していた。植田が注目したのは、その地元の有志たちの奮闘だった。のちに海路がつながって訪れたボランティアの人々と、島民との間で起きた混乱などのまとめ役も彼らだった。

その後、植田は有志メンバーのひとりである村上広志と交際する。村上は大島でカキとホタテの養殖業を営む漁師だったが、震災後の復業は断念していた。植田には「元漁師」と肩書きを語る村上は、1年ほど東京で働いたりもしながら、やがて大島へ戻っていった。それでも、東京と大島を行き来しながら、ふたりの交際は続いていた。

2020年、植田は大島へ移住し、村上と結婚する。祝事だったが、複雑な事情もあった。村上の膵臓《すいぞう》に癌があることがわかったのだ。植田は村上の故郷である大島で彼の闘病生活を支えたが、2021年5月、夫は帰らぬ人となる。

哀しみに暮れた植田だったが、何事もなかったように東京へ戻る気には、どうしてもなれなかった。

「もともと大島が好きだったんです。この島は、自然に恵まれていて景色もきれいですしね。彼の闘病中も亡くなってからも、気持ちが大変な時、ふわっときれいな風景が舞い込んできたのも印象的でした。彼を病院に送り迎えしている時に、急に虹色の雲が見れたり、コロナ禍で始めたリモートワーク中の部屋に、ふわっと夕陽が差し込んできたり。それに、東京に戻る気がしなかったのは、大島の人々を取材してきて感じたことが大きかったのかもしれません。震災時に孤立した経験もあって、島の人たちからは被災者というよりも自分たちで動いてやっていくという強さを感じていたんですね。あれほどの深い悲しみがあったのに、ぐっとこらえてらして。彼が亡くなった時にすごく思ったんですよ。この島の人たちも多かれ少なかれ悲しい気持ちを経験されてきた人たちなんだなって。それでも、みんな元気にやっている。そう思うと癒されましたし、東京よりもこの島でのほうが、自然体でいられる気がしました」

植田は、大島に残って映像の仕事を続けると決めた。

２０２１年11月。関西の仕事仲間が気仙沼でセッティングしたランチ会に行ってみると「気仙沼つばき会」の髙橋和江、斉藤和枝、菅野一代がいた。はじめて会うつばき会の３人は、揃いも揃って大迫力だったが、みんながみんな楽しい人たちだった。

すると、髙橋と斉藤の〝Ｗかずえ〟が言った。

「もうさ、つばき会に参加したらどう？」

「んだんだ。あ、もちろん嫌だったら無理しないでね」

ランチ会ですごした時間のあまりの楽しさに「はい」と返事をした植田は、２０２２年２月の雪降る夜に慣れない雪道を（怖いなぁ）と思いつつ車で走って「気仙沼つばき会」の定例会に出席、正式にメンバーとなった。

映像制作者である植田は、『気仙沼漁師カレンダー』には、紙メディアならではの特徴があると感じていた。

7

「映像には〝無意識に見る人に働きかける力〟があると思います。それに対して、紙のメディアの『気仙沼漁師カレンダー』は、〝いまここにあるという存在感〟が圧倒的だと感じました。カレンダーって、どこか一点に飾られて場所が固定化されますよね。そうすると、ずっと同じものを見ているはずなのに、自分の状況や感じ方で見え方が変わる。それがおもしろいと思いました。藤井保さんが撮影された1作目の1月に写っていた小松武さんと小松俊浩さんは大島の漁師で、亡くなった彼とは同じ浜で生まれ育った顔なじみなんですよ。彼が『武と俊浩だっちゃ？　なんで家に知り合いの写真を1か月も飾るのさ？』と言っていて。そういうものかもなと思ってその時は買わなかったんですけど、つばき会に入って市橋（織江）さんの『気仙沼漁師カレンダー2022』を購入して家に飾ったら、紙メディアならではの存在感があることを知りました。そのあとで、つばき会から過去作を借りてずらっと並べてみたんですけど、それぞれの写真家の方の個性で、迫力とかかわいげが全部違うんですよね。その点もおもしろかったです」

　２０２２年からの植田は「気仙沼つばき会」のほかのメンバー３人と協働して、『気仙沼漁師カレンダー』のＰＲ担当となっていく。

「ＰＲ担当として、（斉藤）和枝さんと（小野寺）紀子さんに聞いた震災直後の話は印象的でした。気仙沼の青い空に、ぴゅうっと白い雲と白いウミネコが飛んでいて、すっと白い船が戻ってくれて『あ、船があるっちゃ』と思われたという。私はその当時のことをなにも知らなかったんですけど、そんな大変な時に〝10年続ける〟と決めていたのがすごいと思う。その覚悟がカレンダーの存在感を裏で支えているのではないでしょうか」

　写真家・藤井保による１作目からついに10作目へ。

『気仙沼漁師カレンダー２０２４』は、植田がカレンダーに感じた「いまここにある存在感」を武器に、さらなる可能性をひろげていく。

第8章

海と生きる

1

２０２２年8月7日、日曜日の気仙沼港周辺は多くの人で賑わっていた。コロナ禍で中止となっていた「気仙沼みなとまつり」が3年ぶりに開催されたからだ。焼き鳥やビールの屋台が軒を連ねている。港に横づけされているのはサンマ船だ。祭りのチラシには、「サンマ船集魚灯」がイベントのひとつとして記されており、２００個を超えるLEDライトが輝いて夏祭りに花を添える。サンマが光に集まる習性を利用した、棒受網漁で使われる光源である。

祭りの中心的な場所となる気仙沼港岸壁で、『気仙沼漁師カレンダー２０２４』の写真家に選ばれた瀧本幹也は撮影の準備をしていた。

瀧本はスチールとムービーの両方を手がけるカメラマンである。スチールカメラマンとしては、「サントリー天然水」「世界卓球」などの広告写真から、『SIGHTSEEING』『CROSSOVER』といった写真集まで幅広く活躍。ムービーは、是枝裕和監督の『そして父になる』からスタートし、日本アカデミー賞最優秀撮影賞を受賞した同監督の『海街diary』や『三度目の殺人』などの作品で撮影監督を担当した。東京ADC賞、ニューヨークADC賞、カンヌライオンズGOLD、ACCグランプリなど、国内外での多くの受賞歴を誇っている。

瀧本にとっては、この日がはじめての『気仙沼漁師カレンダー２０２４』の撮影だった。

撮影プランは「漁師と船」、手法はポートレイトである。

撮影初日の「気仙沼みなとまつり」では、港に停泊中のサンマ船をバックに漁師を撮影するプランだった。さらに、夏祭りの打ち上げ花火が盛大に夜空を彩る予定でもあるから「漁師と船と花火」だ。主役である漁師を際立たせるため、人物にだけストロボが当たるようにふたりのアシスタントに指示を出していた。

広告撮影の現場に比べれば大がかりではないが、人の背丈よりもはるかに高いところにセッティングされたストロボは、行き交う人々の注目を浴びた。

花火が打ち上げられる時間が迫る。

人々の視線を気にもとめず、「ここに立てばいいの？」と堂々と現れたのは、「第81豊清丸」の中舘《なかだて》捷夫《かじお》船頭、82歳だった。頭にキリリと巻かれた白い手ぬぐいがトレードマークで、漁師歴66年、16歳から船に乗っていた生粋の海の男だ。

中舘が自分の船の前に立つ。

ストロボはいつでも中舘を照らす準備ができていた。

事前に用意していた漁の網を指さして「肩に担いでいただけますか？」と瀧本が告げた。

「おう！」

中舘は躊躇なく、網を担いでぐいっと胸を張ると、ニカッと笑った。

夜空を花火が彩った。

通行人が足をとめて撮影の様子を見守っている。

瀧本は、会心の手ごたえを感じながら、必要最低限のシャッターを切った。

シャッターが切られるたびに、ストロボが中舘を照らした。

普段の瀧本はポーカーフェイスで、さほど喜怒哀楽が顔に出るタイプではない。この時も無表情のままであったが、心の内では静かに胸をなでおろしていた。

2

瀧本幹也がはじめて気仙沼を訪れたのは、２０１１年の梅雨時のことだった。

ルイ・ヴィトンと坂本龍一が協働した「LOUIS VUITTON FOREST」というプロジェクトの撮影を任されて写真集を出版予定だったのだが、そろそろ印刷をというタイミングで東日本大震災が起きた。少しでも復興の支援になればとプロジェクトスタッフが探したのが岩手県一関市内の印刷所だった。幸いにも大きな被災はなかったその印刷所に瀧本は出向き、現場での印刷立ち会いを済ませると、印刷所担当者が言った。

「これからの気仙沼のためにも見ていってください」

誘ってくれた担当者に連れて行ってもらった気仙沼の町は、想像以上の被害を受けていた。

「第18共徳丸」は本来の居場所である海から750メートルも離れた陸に打ち上げられていた。

瀧本はその時の町の様子を撮影したが、発表することはなかった。

約11年前の記憶が鮮明に残っていたからこそ、2022年8月7日の「気仙沼みなとまつり」で、人々が笑顔でいることに瀧本は胸をなでおろせていた。震災から10年以上がすぎており、復興は進んでいるであろうとは想像していたが、実際に現地で暮らす人々の顔を見るまでは不安でならなかったのだ。

「一ノ関駅から大船渡線に乗ったんですけど、気仙沼の駅に降りた時から既にお祭りのムードを感じたんです。人通りもあって、みんなが楽しそうで。あぁ、よかった、すごく元気になってると思っててちょっとだけ安心できて。それで、一発目の撮影の中舘船頭の迫力がものすごくてもっと安心できて。普段の僕は、笑顔の写真というのをまず撮らないんです。たとえば、僕が写真を見る側の立場だとして、タレントが商品を持ってニコッと笑っているだけならなにも感じないからです。でも、中舘船頭の笑顔はそういうものとはまったく違っていたんですよ。あぁ、今回はこれだろうって。震災の被害を受けた気仙沼という場所で撮る意味は、やっぱり笑顔なんだろうなと思いましたし、嘘のない笑顔の堂々としたポートレイトを撮ろうと。カレンダーの仕上がりも、気仙沼のおばあちゃんが書き込めるようなものというか、とにかく気仙沼のためになるものにしたいと感じました」

プロジェクトの最後を飾るという意味での「プレッシャーはなかった」と瀧本は語るが、主戦場としている広告撮影と比べると勝手が違うであろう予感はあった。

「プレッシャーはなかったんですけど……いえ、少しはあったかもしれないですね。そもそも、プロデューサーの竹内さんは『自由に撮ってください』と言ってくれたんですけど（いやいや、そんなに自由はないぞ）というのが本音でした。気仙沼という同じ場所で、漁師という同じ職種の人を撮るという、かなり制限された撮影が既に9回繰り返されていたからです。でも、『漁師と船』というテーマを竹内さんに提案されて腑に落ちるものがあった。だから、少しだけあったかもしれないプレッシャーは、テーマではなくて、すべてが当日次第という不確定要素の多さでした。広告仕事の場合、アングルチェックや衣装確認などをしっかり準備しておくので、不安要素がほとんどない状況で撮影当日を迎えるから」

しかし、瀧本はその不確定要素を楽しんでいくようになる。中舘捷夫船頭との撮影セッションで「なんだか楽しくなっちゃったから」であった。さらに、瀧本は写真家としてだけでなく、カレンダーの方向性を決めるクリエイティブ・ディレクターとしての役割も果たしていく。たとえば、各月に掲載される漁師のポートレイトに文字を載せようと提案したのも瀧本だった。漁師にとって、船とはどんな存在なのかと聞く。

真っすぐなその問いに対して、漁師が答えた真っすぐな回答を写真に載せて掲載する。

写真家によっては、自分の写真に文字などを載せることを嫌う人もいるし、瀧本自身も基本的にはよしとしないタイプだ。それでも、『気仙沼漁師カレンダー２０２４』だけは、自分の好みよりも気仙沼の人たちのためになるものを目指していた。「漁師と船」がテーマの写真に「漁師の言葉」が載るのなら、カレンダーを使う人は、より漁師を身近に感じてくれるかもしれない。

瀧本は「漁師の言葉」を、撮影時の参考にもしていく。

3

中舘捷夫が「気仙沼みなとまつり」での「サンマ船集魚灯」で、祭りの盛り上げにひと役買うようになったのは、震災後すぐの２０１３年のことだった。その始まりを、中舘が思い出す。

「気仙沼市長に相談されたんです。でも、祭りをやるって言ったって電源がまだ充分にはなかったんです。震災の影響でどこもかしこもダメだったからね。なのに、港の岸壁の暗いところで開催したって盛り上がらないから『俺の船のＬＥＤでライトアップしてやるよ』と、その時に思いつきました。震災前のサンマ船では普通の電球を使っていたんだけど、ちょうど震災後あたりからＬＥＤが主流になって光源としての明るさも向上していたんです。ただし、ライトアップをするにもお金がかかるわけ。そもそも、船を動かすのにも油代がかかるからね。だけどさ、金の問題でねぇから心意気なんだよな。数字に心意気は宿らねぇから。俺は大好きな気仙沼のために漁師の心意気を見せたかったんだ。１年にいっぺんぐらい、なんにも考えねぇでみんなが楽しんでもらえたらなぁって」

瀧本のクリエイティブ・ディレクションは、中舘の撮影時から採用されており、漁師にとって、船とはどんな存在なのかという問いに、彼はこう答えている。

「ステージ！！！」

たしかに、「気仙沼みなとまつり」での「サンマ船集魚灯」というパフォーマンスを見せるサンマ船は、ステージのようでもある。

「いや、船がステージだと言ったのは、そっちじゃなくて『出船おくり』のことを思い出したからなんです。サンマ船の『出船おくり』って、昔はずいぶんと活気があったけど、いつの間にか家族しか見送りに来てくれないような寂しいものになっていたわけ。ところがさ、つばき会のみなさんが頑張ってくれたおかげで、最近じゃあ、一般の人たちまでが『船頭さーん、行ってらっしゃーい！』なんて小旗を振ってくれるんだよ。そうすっとさ、『よし、頑張って行ってくらぁ！』って、大きく湧くんだよ、エネルギーが。地元にいっぱい水揚げすっぞってね。だから、つばき会の人たちには、感謝しかない。しかも、あの人たちは、『気仙沼漁師カレンダー』で漁師の価値を宣伝してくれる。漁師の心意気もちゃんと伝えてくれる。本当にありがたいことなんです。私は、あの人たちとは一心同体だと思っているんだ」

中舘は、『気仙沼漁師カレンダー』2016年版、2017年版、2024年版と、合計3回、撮影に協力し登場している。2016年版では「津波のあと、漁師の世界も変わったよ。やる気のあるやつだけが残ったからな」と語っていた中舘は、2024年版のインタビューでは「(船とは?) ステージ!!!」だけでなく、漁師の世界の変化にも言及している。

「私の記憶によるとですが、昭和40年代は、三陸、唐桑、志津川、南三陸をあわせてサケ・マス漁に従事している漁師が3600人ぐらいいたんだよ。それがいまだと150人ぐらいしかいないと思う。震災もあって、漁師の世界も変わったとは思います。都会化したというか、サラリーマン化したというか。でもね、それでもやっぱり変わらないと思うのは、たとえば船頭は、肩書きだけじゃ通用しなくて、魚獲らなきゃ『あの船頭、獲らねぇぞ』で終わりだから。自分のやりたいようにやって成果がでたらプラス評価で、ダメだったらアウト。サラリーマンの人たちはそうはいかないでしょ？　会社の指示どおりに動いて一人前なんだと思うから。だから、漁師の世界にもいいところもあるってことだ。漁師が実力主義であることは、時代が変わっても変わらない魅力だと私は思うな」

82歳にして、現役どころかバリバリの漁師である中舘。自宅にはサンドバッグがあり、ボクシングのトレーニングを続けているそうだ。空手も嗜《たしな》み、瓦割り3枚まではいまでもいけるが、最近4枚が割れなくなったのが悔しいと、中舘はニカっと笑った。

4

中舘捷夫から始まった「漁師と船」をテーマとする夏編の撮影は、2022年8月7日から10日までの香盤が組まれていた。

瀧本幹也が気仙沼市に入って3日目の8月9日のこと。

その日の撮影は、深夜2時から始まり、昼までには2組の「漁師と船」の撮影が終わっていた。香盤表に記されたのは、その2組だけ。ぽっかりと空いた時間で瀧本が狙ったのは、2011年に自分が撮影した写真と同じアングルで2022年の気仙沼を撮影するというもの。「第18共徳丸」が本来の場所から750メートルも離れ、陸に打ち上げられていたところはいまどうなっているのか。2011年の写真の多くはフィルムで撮影していたので、ベタ焼きと呼ばれる撮影した内容がわかるものを持参していた。

２０１１年当時は、どこにも発表しなかった写真を２０２２年に撮ったものと並べて『気仙沼漁師カレンダー２０２４』で掲載するのは、意味のあることかもしれない。瀧本はそう考えて、８月９日の空いた時間に撮影をスタートさせた。

同日の「気仙沼つばき会」の漁師をアテンドする担当は、東京でデザイナー経験を積み、生まれ故郷の気仙沼市唐桑地区へUターンしていた鈴木アユミだった。竹内順平も同行している。

この日の香盤に組み込まれていた漁師のひとりは、唐桑地区でワカメやホタテを養殖している小濱貴則と父・康弘の親子だった。撮影の合間の雑談で、瀧本は鈴木が育ったのも唐桑地区であることを知り、ある記憶が蘇る。

それは、写真家・藤井保がJR東日本のポスター「その先の日本へ。」で撮影した一枚の写真の思い出だった。台風が北上していた唐桑半島での撮影で、荒れた海を味方につけ、気仙沼駅長に岩場に立ってもらって撮影した写真である。

１９９２年のことだった。派手で華やかな広告写真が主流だった時代に、静かで自然への畏敬の念すら漂うこの写真に衝撃を受けて、瀧本は藤井保写真事務所の門を叩いている。

「アユミさんや竹内さんたちと写真を撮っているうちに、『そういえば、唐桑半島って？』と藤井さんの写真のことを思い出したんです。２０１１年の写真と同じ場所で再撮影することとはちょっと趣旨が違うんですけど、どうしても探してみたくなって。それで、携帯のグーグルマップで探して、唐桑出身のアユミさんの土地勘とも擦り合わせていろいろと探し歩いていたら、まさに藤井さんが撮影したのと同じ場所にたどり着けたんです」

藤井の写真で駅長が立っていたのと同じ場所で、瀧本は自分を被写体としてセルフポートレイトを撮った。師匠である藤井保から始まった『気仙沼漁師カレンダー』が、弟子である瀧本で幕を閉じるというめぐりあわせだけでなく、まったくの偶然から、時を超えて同じ場所でシャッターを切ったふたり。

後日、瀧本は師匠の藤井へ、おそるおそるこの写真をメールしている。

藤井の返信は、ユーモアと愛情がこもった内容であった。

「瀧本駅長、ピッタリのアングルです。しかし手前の岩を見ると30年の年月でエッジが風化して丸くなっているのがわかります。そして、私の性格も瀧本の体型も少し丸くなったかも？(笑)」

熟慮の末、2011年と2022年の比較写真の掲載はなしとなる。被災時の写真をカレンダーで見たくない人が多いだろうという判断だった。そして、『気仙沼漁師カレンダー2024』の撮影は、2023年2月26日から3月1日の冬編へと続いていく。

5

２０２２年の夏が終わろうとする頃、「気仙沼つばき会」の鈴木アユミは、竹内順平からの電話を待っていた。瀧本幹也のカレンダーのデザイナー候補の３人に選ばれており、最終結果の知らせが届く予定だったからだ。決めるのは瀧本だ。しばらくは、オフィスで待っていたが、そわそわして落ち着かず、ウエットスーツに着替えて小泉海岸でサーフィンすることを選ぶ。海に入って、結果のことを忘れることにした。

竹内からデザイナーとしての打診が最初にあったのは、２０２２年の春のことだった。打ち合わせの合間に竹内が言う。

「アユミさん、瀧本さんの漁師カレンダーのデザイン、やってみます？」

「いやいやいや。無理です」

気仙沼に戻って以来、シリーズ1作目の藤井保のものから毎年発売される最新作まで、『気仙沼漁師カレンダー』は毎年チェックしていた。デザインをする者として興味のないわけがない。だからこそ鈴木は、『気仙沼漁師カレンダー』の撮影現場のアテンドに参加する時は、デザイナーではなく「気仙沼つばき会」の一員だと、殊更に自分の立場を意識するようにしていた。竹内の打診は打ち合わせ中だったが、「気仙沼つばき会」の鈴木アユミモード時だから断っていた。

それでも、同年夏、撮影の合間に瀧本と交わした会話では鼓動が速まった。

「鈴木さん、デザインしてるんだって?」

「いやいや、ちょっとばりです」

「ちょっとばり」とは、気仙沼の言葉で「ちょっとだけ」の意。「気仙沼つばき会」のメンバーのなかで、歴代の写真家たちのすごみを誰よりも知っていたのは、デザイナーの鈴木であった。〝あの〟瀧本幹也が自分のことをデザイナーだと認識してくれていたことが、それだけでうれしかった。

その言葉以前に、鈴木は瀧本の写真家としての取り組み方に胸を打たれてもいる。

２０１１年に自分が撮影した写真と同じアングルで２０２２年の気仙沼を撮影しようとしていた時のこと。瀧本は何十枚もある写真を１枚ずつ丁寧に見返し、２０１１年とまったく同じ場所を探すために、暑い夏の日差しの下を歩き続け、１ミリのずれも許さない真摯さでシャッターを切っていた。

夏の撮影が終わってしばらくすると、竹内から正式にデザイナー候補としてのオファーが届く。撮影現場での流れのなかでのオファーではなかったのがうれしかった。鈴木は「よろしくお願いします」と答えた。簡単な答えではなかった。撮影に立ち会う「気仙沼つばき会」の鈴木アユミとして、このプロジェクトにみんながどれほどの想いを込めて取り組んでいるかを知っていたからだ。それでももし、担当デザイナーに選んでもらえたのなら、気仙沼に戻ってきてからの自問自答と経験を丸ごと全部出し切ってやり切ると決めての返答であった。その後、竹内からプレゼン用資料提出のリクエストがあり、自分が手がけたありったけの過去作品を竹内に送っている。

ひとしきり小泉海岸の波に乗って、ぐるぐると頭の中を駆け巡ってしまう雑念を振り払ってから、鈴木は陸に戻った。

しばらくすると、竹内からの電話が鳴った。

「アユミさん、決まりましたよ！」

鈴木は、奥歯を噛み締めて（よし！）とひとつ気合を入れた。

竹内は、瀧本からの「8月に撮影した写真でデザインの仮フォーマットを作ってみてほしい」との伝言を伝えるとともに、瀧本の写真を鈴木と共有した。

その日から2週間、鈴木は瀧本の写真を1枚も見ることができずにいた。

写真を見たら瀧本の世界観に引っ張られてしまう。自分なりに『気仙沼漁師カレンダー』のデザインイメージを固めてからでないと、見る資格がないと感じていた。

「デザインのことというよりも、『気仙沼漁師カレンダー』ってなんなんだろうってずっと考えていました。そしたら、撮影に協力してくれた漁師さんに、できあがったばかりのものを持っていった時に、『月の満ち欠けが載ってっといんだけどなぁ』と言われたことを思い出したんです。じゃあ、なんで漁師さんは月の満ち欠けを気にするんだろって考えたんですけど、漁師町に育ったくせに、私はなにも知らなかった。調べてみると、集魚灯を使う地曳網《じびきあみ》漁などでは、満月の前後は漁に出ないようで、その理由は満月の明るさのせいで集魚灯の効果が薄れてしまうからだと。そういうことをもっと調べて、漁師さんに使ってもらえるようなカレンダーを目指したいなと考えました」

鈴木の考えた実用性は、瀧本が最初に思い描いた「気仙沼のおばあちゃんが書き込めるようなカレンダー」ともリンクする方向性だった。冬編の撮影の合間の打ち合わせでは、瀧本から「魚市場の休日を掲載しては？」など実用情報掲載のアイデアが出され、『気仙沼漁師カレンダー２０２４』は、写真と漁師へのインタビューはもちろんのこと、ミニコラムとして楽しめる情報も充実させていく。

6

冬編の撮影期間、２０２３年２月26日から３月１日でも、「あなたにとっての船とは？」という問いに対する「漁師の言葉」を参考にしつつ、瀧本幹也は、堂々としたポートレイト撮影を目指していた。

たとえば、日門漁港で個人漁を生業とする漁師、小野寺哲一は「(船とは？) 宝物だっちゃ」と答えていた。最初に撮影した中舘捷夫船頭には、漁の網を肩に担いでもらったが、以後の撮影では、漁師が自分で獲った魚を持ってもらう演出を加えていた。「船と漁師と釣果」である。小野寺には高級魚であるサヨリを手にしてもらいつつ、「宝物」というキーワードからふわっとした写真を撮りたいと考えて、虫眼鏡状のガラス板をレンズにあてる工夫をしながら撮影した。レンズは約60年ほど前のものを選び、独特の風合いを出すことを狙っている。

広告写真の現場のようなきっちりとした事前準備はなく、その場のアドリブ的な撮影を続けていくなかで、瀧本が感じた漁師の魅力は、彼らの〝まっすぐさ〟だった。

「なにかの事情があったと思うんですけど、ある撮影で、ひとりの漁師さんが帰っちゃったんですよ。僕はその人の行動をまっすぐだなと感じました。一般的な社会では嫌でも我慢してやらなきゃいけないことってあると思うんですけど、その人は嫌だ、だから帰るって、まっすぐに行動しただけだと感じたから。まったく嫌な気持ちになんてならず、むしろ、清々しささえ覚えました。それと同じ意味で、漁師が愛想笑いをしないのも、撮影していて気持ちがよかった。まっすぐだなって。それは『気仙沼つばき会』の人にも感じたことでした。夏と冬の2回、合計15か所ほどの撮影で、アテンドしてくれる方が日替わりのように変わっていたんですよ。でも、誰ひとり、上から言われたから来ましたみたいな人がいなくて、みんなが楽しそうに現場に立ち会ってくれましたから」

瀧本が感じた「気仙沼つばき会」の〝日替わりアテンド〟は、彼女たちのこの10作までの積み重ねの成果でもあった。初回の藤井保撮影時は、斉藤和枝と小野寺紀子が中心になってアテンド役を担っていたが、ラストを飾る10作目の瀧本幹也撮影時には、ふたりは現場へは行かず、若手メンバーが立ち会っている。

発売前の見本刷りと呼ばれるサンプルができあがった時、鈴木アユミは、撮影に協力してもらった漁師、小野寺を訪ねて直接手渡しした。

小野寺は自分が写っている2月をちらりと見てから、カレンダーを閉じて言った。

「もう1個ある？」

小野寺はうれしかったのだ。

小野寺が載っている2月のミニコラムも情報が充実していた。「気仙沼の旬」の欄には、「メカジキ・ワカメ／メカブ・牡蠣・ホタテ・ナメタガレイ」とある。2月17日には「海神様《かいじんさま》」があり、これは「気仙沼版なまはげ。健やかなこどもの成長を願い、家内安全や商売繁盛を祈願して、家庭やお店を海神様が訪問する。」とある。瀧本案で加わった「気仙沼市魚市場休日」は、2月4日、11日、12日、18日、23日、25日の6日間で、満月は2月24日。

「気仙沼とひと口で言っても、本吉、唐桑、気仙沼の3地区にわかれていて、それぞれの行事や神事などをなるべく均等に掲載したかったので、まとめるのは簡単ではありませんでした。でも、私がやりたかったことなので、大変とかではなくて。うれしかったことですか？　哲一さんの反応もうれしかったたし、私の実家は唐桑で商売をしているんですけど、店のお客さんが買ってくれて、『これ、書き込みしやすいね！』とわざわざ感想を伝えてくれたのもうれしかったです。でも、一番うれしかったのは、会長の斉藤和枝さんにプレゼンした時のことです。11月の写真を見た瞬間に涙をこぼして、ものすごく喜んでくださって」

プレゼンは、プロデューサーとデザイナーのふたりで行われた。鈴木は、「気仙沼つばき会」メンバーとしてではなく、竹内の隣で、デザイナーとして参加した。

『気仙沼漁師カレンダー２０２４』は、２０２３年9月7日に発売された。斉藤が涙した11月の写真には、ホタテの養殖などを営む漁師・畠山菜奈と、その家族の笑顔が写っている。

7

２０２４年2月、「気仙沼つばき会」３代目会長の斉藤和枝が、発売されたカレンダー11月の写真を見つめている。デザイナー・鈴木アユミによるプレゼンの時と同じように、いまにも涙がこぼれ落ちそうだ。写っているのは、ホタテの養殖などを営む漁師・畠山菜奈と４人の家族の笑顔。船の前で、自分たちが育てたホタテを家族みんなで手に持っている。

漁師歴11年の畠山の言葉は「(船とは?) トト」。トトとは夫であり父でもある畠山耕のことで、３人の子どもたちは、耕が操る船の音を聞くだけで「トトだ!」とわかるのだそうだ。

斉藤がギリギリで涙をこらえて言う。

「２０１３年に藤井(保) さんが撮ってくださった時も、笑っている漁師さんもいたんです。でもなんというか、歯を食いしばっているんですよね。自分たちのことを振り返ってみても、震災後の渦中にいる時は大変だなんて思っていないんです。それと同じで、漁師さんも藤井さんに撮られてる時は大変だなんて思ってないはずなんですけど、写真にはあの時の大変さがにじんでいる。それが、10年以上がたって瀧本さんが撮ってくれた漁師さんの笑顔は……いえ、笑顔とか笑顔じゃないとかじゃなくて……瀧本さんの写真に写っている漁師さんの表情が、あぁ、やっとこういうふうな顔ができるようになったんだなって感じられたんですよ」
『気仙沼漁師カレンダー』の目標は、「10年続ける」。
その10年は、日本を代表する写真家たちとの豪華なコラボレーションだった。

2014年版　藤井 保
2016年版　浅田政志
2017年版　川島小鳥
2018年版　竹沢うるま
2019年版　奥山由之
2020年版　前 康輔
2021年版　幡野広志
2022年版　市橋織江
2023年版　公文健太郎
2024年版　瀧本幹也

それにしてもなぜ、10年だったのか。目標とするのに区切りがよい年数だとの想像はつくが、逆にいえば、なぜ区切りが必要だったのか。

「震災のあとの10年の作品であることが大切だと思ったからです。このカレンダーのなかで、『私たちは被災しました』なんて言葉にするつもりはありませんでしたし、被災した写真も載ってはいない。だから、『気仙沼漁師カレンダー』から直接的に震災のメッセージが出されているわけじゃないんです。でも、にじむものがあるじゃないですか。『気仙沼漁師カレンダー２０２４』の『十年のアーカイブ』という企画でもお話しさせてもらったんですけど、震災のあの頃にふっと50年後のことを想像したんですね。もしも、50年後の未来の気仙沼の人が私たちのことを映像などで見つけて思い出してくれて『あぁ、50年前の気仙沼の人は頑張ってたんだなぁ』と感じてもらいたいなって。そのためには、明るく生きて無理してでも笑ってやるぞって。だから、10年だったんですけど、震災がなかったら10年も頑張れなかったと思います。漁師カレンダーの一番の目的は漁師さんの魅力を伝えることでしたけど、その裏側にあった想いは、震災後10年以上の私たちの踏ん張りの塊ってところもあるんですよね」

『気仙沼漁師カレンダー２０２４』が完成して、年が明けた頃、斉藤と小野寺紀子のふたりは、写真家・藤井保とサン・アドの坂東美和子、アートディレクター・吉瀬浩司、クリエイティブディレクター・笠原千昌との食事会のために東京へ出向いている。

斉藤と小野寺が『気仙沼漁師カレンダー』の10作で学んだのは、日本を代表する写真家たちが、いかに苦悩しながら表現をしているのかということだった。

しかし、10年以上前の彼女たちは、あまりにも写真のことがわかっていなかった。『気仙沼漁師カレンダー』なのに、地元の英雄とはいえ、なぜ秀ノ山雷五郎像なのか。藤井保は丁寧にその趣旨を解説してくれたが、肚に落ちなかった。なにしろあの時は、2代目会長の髙橋和江らと4人で、ひとり100万円の自腹さえ切るつもりだったのだから、自分たちが売る自信のないものに対して、首を縦に振ることはできなかった。

けれど、あれから10年。

斉藤と小野寺は、肚の底から頭をさげた。

「その節は、大変申し訳ございませんでした。いまでもクリエイティブのなんたるかはわかってはいませんけど、10作、カレンダー作りを続けてきまして、写真を撮るという表現が、どれほど深いのだろうかと想えることだけはわかりました」

そして続けたのは、感謝の言葉だった。

「いまだったら、なぜ、藤井さんが秀ノ山雷五郎像を推されたのかがよくわかります。藤井さんとしては、はじめてのプレゼンまでしてくださったというのに、あの頃の私たちは、それはもう失礼なことを言ってしまって」

あまりにも申し訳なくて、謝罪の言葉が続いてしまう。

「でも、藤井さんが、カレンダーの初回で、あの熱量であの写真を撮ってくださったからこそ、『気仙沼漁師カレンダー』は10作続けることができました。ありがとうございました」

ふたりの話を静かに聞いていた藤井が言った。

「やっとわかってくれた」

藤井は「いい夜だ」と言葉を続け、すべてのはじまりである『気仙沼漁師カレンダー2014』に深くかかわった6人で祝杯をあげた。

それは、10年を経てかなった楽しい酒席でもあった。

エピローグ

『気仙沼漁師カレンダー』、渡仏する

1

2024年6月、気仙沼港は快晴だった。

港には白い船が幾隻も並び、青い空にはぽつぽつと白い雲が浮かんでいる。

「気仙沼つばき会」は、カレンダー作りがなくなったから、各自本業に励んでいるかと思えば、次なる活動テーマを「ジェンダーギャップ解消」に決めていた。つばき会メンバー・千葉可奈子の発案に応えたものだった。

気仙沼市生まれの千葉は、群馬県の大学に進学、築地市場に事務職として就職するなどしたのち、2017年にUターンしていた。現在は、気仙沼市移住・定住支援センター「MINATO」に勤務しており、『気仙沼漁師カレンダー』では、撮影チームの移動用にと愛車を快く貸してくれた人物でもある。

斉藤和枝たちの世代は「女のくせに」「女だから」と言われて育った。けれど、これからの世代には同じ想いをさせたくないための「ジェンダーギャップ解消」というテーマ。『気仙沼漁師カレンダー』の発起人のひとりであった小野寺紀子が近況を教えてくれた。

「ジェンダーギャップの話はいろいろな課題があると思うんですけど、私たちつばき会は、経済が絡んだほうが俄然燃えるみたいです。この間も、和枝さんが突然私に言うんですよ。『紀子さん、アイスランドさ、行くべ！』って。なんでって思うじゃないですか。そしたら、目を輝かせて『アイスランドに女性漁師がいるのよ！』って。アイスランドってジェンダーギャップ指数が１４６か国中1位で、日本は１１８位なんですね。でも、女性漁師がいるからってなんでアイスランドに行きたいんだろうと思ったら、和枝さんの興味は女性が漁師になれるということは、漁業という産業に女性が参加できるということじゃないかと。日本では男性から『女が重いもの持てんのか？』って最初から否定されがちですけど、和枝さんの想像では、アイスランドでそれが可能なのは、『絶対にテクノロジーだよ！』って。性差によってできないことをテクノロジーが補完しているはずだから『それを見にアイスランドへ行くべ！』と言うんですよ。『気仙沼漁師カレンダー』が終わって、ゆっくりするどころか、すっごい元気。だって私たち、アイスランドの話よりも前に、フランス貯金を始めているんですよ」

フランス貯金のはじまりは、単なる雑談からだったというのが彼女たちらしい。

ある時、プロデューサーの竹内順平が「気仙沼つばき会」の誰かに言った。

「この間、撮影の合間に瀧本（幹也）さんとしゃべってたら、『フランスで漁師カレンダーの写真展をやればいいじゃない？』と言ってましたよ」

（フランス！　漁師カレンダーの写真展！　いいかもしれない！）

瀧本の話を竹内からまた聞きした誰かの興奮は、瞬く間に「気仙沼つばき会」のメンバー間に広がっていく。あくまでも希望者だけではあるが、フランスでの写真展が開催されるであろう時に備えての貯金が始まった。２代目会長の髙橋和江が語っていた、先に目標を決めてからどうすれば実現できるかを考える、バックキャスティングの最新例である。

小野寺は「気仙沼つばき会」の先輩たちの魅力についても教えてくれた。

「髙橋和江さんと斉藤和枝さんを見ていて思うのは、ご縁がどんどんつながっていくんですよ。最初はたまたまだったのが、のちのちすごいことになっていく。たぶんですけど、私を含めてみんなに平等にたまたまあってあると思うんです。でも、髙橋と斉藤の〝Wかずえ〟さんは、アンテナを常に立てているから、それをキャッチできるんじゃないですかね。そういうふたりの会長が引っ張ってくれた『気仙沼つばき会』は、利他だからいいのだと思います。ボランティアだというのが絶対に楽しい。『気仙沼漁師カレンダー』だって利益を追求しているわけじゃなくて、気仙沼が誇る漁師さんたちの魅力をもっと世の中に伝えたいからという利他ですよね。だからこそ、10年も続けられたんだと思います」

2

小野寺紀子が語った斉藤和枝の「ご縁つながり」で『気仙沼漁師カレンダー２０２４』は想

像を超える展開を見せることになる。

はじまりは「斉吉商店」のフランスでの商談だった。

フランスで一番長い河川であるロワール川河口に位置するナント市での商談は、日本からフランスへの魚の輸出の規制があり、まとまらなかった。だが、「斉吉商店」を代表して渡仏していた斉藤吉太郎が、サン・ナゼールという町で日本の酒や調味料を扱っている広部直子という日本人女性と知り合いになる。

後日、広部はナント市で知り合った東北の調味料製造業「八木澤商店」を訪ねるために来日するが、不慮のトラブルのため彼らとは会えなくなってしまう。そこで彼女は、「八木澤商店」が位置する陸前高田からほど近い、気仙沼の吉太郎に連絡をとる。「ぜひぜひぜひ！」と再会できることを喜んだ吉太郎。「斉吉商店」を訪れた広部は、斉藤和枝と意気投合する。

とくに盛り上がったのが『気仙沼漁師カレンダー２０２４』についての話題だった。

「私たち、いつかフランスで漁師カレンダー展をやろうと思ってるんだよね」

「サン・ナゼールでやったらどうですか？　『UN WEEKEND AU JAPON』という日本文化を紹介するイベントを毎年やっているんですよ」

「ぜひぜひぜひ！」

その日から、『気仙沼漁師カレンダー２０２４』の翻訳作業が始まった。

広部には心強い仲間がいた。日本にパリやフランスのことを紹介している文筆家の荻野雅代とフランス人に日本語を教えている前川和奈美が協力してくれたのだ。広部を含むこの3人は、『UN WEEKEND AU JAPON』に深くかかわっていた。

２０２４年3月。漁業と造船業の伝統を持つ港町、フランスのサン・ナゼール。ロワール川を挟んで架けられた大きな橋は、気仙沼と大島をつなぐために２０１９年4月に架けられた鶴亀大橋に似ている気がして、斉藤は親近感を抱いた。同行するのは、「斉吉商店」の料理人である斉藤啓志郎。『気仙沼漁師カレンダー２０２４』の展示以外にも、「斉吉商店」として１２０名に港町・気仙沼の料理をふるまう予定になっていた。

『UN WEEKEND AU JAPON』には、毎回テーマがあるのだが、今年は『気仙沼漁師カレンダー２０２４』のイメージから「日本の海辺から」に決まる。広部、荻野、前川のアイデアだった。

会場入口に『気仙沼漁師カレンダー２０２４』が展示され、各月の文章と「十年のアーカイブ」「あとがき」にまでフランス語訳が添えられている。広部ら3人の尽力により、フランス人漁師にも協力してもらった完璧な訳文だった。会場内では、書道、魚拓、囲碁、日本の調味料や食品、漫画、着物などの日本文化を紹介しており、連日１０００人を超える来場者が訪れるほど、日本文化への関心が高かった。

斉藤が３人への感謝の言葉とともに、フランスでの展示を振り返る。

「本当は、つばき会のメンバーを連れて行きたかったから、補助金を探しまくったんですけどダメでした。３月に使える補助金ってまずないんですよ。だから、今回は、『斉吉商店』としての渡仏でしたけど、行ってよかったです。たとえば、ルーブルとかの立派な美術館ではないですけど、みなさん、すごく注目して見て読んでくださって。そのあとのディナーは異国である日本の料理を提供するわけで、ものすごく緊張しましたけど、そういう経験ができるのも、『気仙沼漁師カレンダー』があったおかげですから。私、思うんですけど、自分たちがどうしてもやりたいことを忠実に努力するってことが、一番のエネルギーになるんじゃないですかね？　その〝どうしても〟が、私たちには漁師カレンダーだったのだと思います。私は昔から漁師さんを知っているし、気仙沼の景色もよく知っている。でも、『気仙沼漁師カレンダー』を作って、売らなきゃなんないっていう活動が、私の世界を広げてくれたのだと思います」

10年続けるだけでなく、海を越えて展示された『気仙沼漁師カレンダー』。「気仙沼つばき会」のメンバーが、プロジェクト始動時より願い続けた「世界に届くものを」が実現した瞬間でもあった。

日本へ戻った斉藤は、自分と「気仙沼つばき会」の世界を広げていく。

髙橋和江、小野寺と相談して、ジェンダーギャップ解消活動の縁で知り合った石川県能登半島の女性たちを、「気仙沼つばき会」が主催する6月15日のイベント『立川志の輔独演会〜おかえり気仙沼２０２４〜』に招待することにしたのだ。落語家・立川志の輔による落語で腹の底から笑ってもらい、その前後のイベントで石川県から持参した特産品を販売してもらう。訪れた人と会話を交わすというのが重要だった。それは、東日本大震災の時に唐戸市場の柳川みよ子たちが下関に呼んでくれたことへの感謝に対する「気仙沼つばき会」なりの恩送りであった。

3

２０２４年8月8日、「気仙沼つばき会」のメンバーが、サンマ船の「出船おくり」のために気仙沼港・コの字岸壁に集まっていた。「行ってらっしゃーい」「たくさん獲ってきてね」と大きな声で見送りながら福来旗《ふらいき》と呼ばれる、大漁旗をアレンジした小旗を振っている。福来旗は「気仙沼つばき会」のオリジナルアイテムだ。２代目会長の髙橋和江と3代目会長の斉藤和枝が、震災直後の２０１１年8月に完成させていた。モノトーンだった気仙沼の海が、少しでも華やげばとの想いを込めて作ったものだった。

髙橋和江は、『たかはしきもの工房』を大きくリニューアルし、気仙沼市所沢の一角にコミュニティ的な店舗と施設を作った。「思い描いたことが実現するのは楽しいです」と笑う。社員にも評判の社員食堂は、「気仙沼つばき会」定例会にも使われている。

斉藤和枝は、アイスランドにはまだ行けていない。けれど、アイスランドのジェンダー平等に興味のあった知人が同国へ行き、漁業協同組合の女性とつながり、斉藤への英語のメッセージ付き書籍を預かって帰ってきた。近い将来、アイスランド貯金も始まるかもしれない。

小野寺紀子は、パスポートを片手に海外での仕事も多い日々だ。最近はつばき会が提言するジェンダーギャップ問題のなかで、〝女性×漁業×ＤＸ〟の形を模索すべく斉藤と千葉可奈子と先進事例などを視察している。気仙沼で女性が輝ける新しい産業を興せないか。マリンテクノロジーの聖地になることを夢見ている。

根岸えまは、遠洋マグロ船の船長と結婚し、長女を出産した。10か月から1年も日本を離れる漁師である夫は『気仙沼漁師カレンダー２０２４』の12月にも登場した。「出船おくり」で旅立ち前にした彼のプロポーズは、「気仙沼つばき会」メンバーの語り草になっている。

鈴木アユミは、スタッフ3人が在籍するデザイン事務所「ｐｅｎｓｅａ」の代表だ。デザイン代がコンテナ容器いっぱいのホヤだったのは昔の話。気仙沼だけでなく、京都やドバイでの仕事も増えてきている。なぜ、京都やドバイなのかと聞くと「ご縁です」と笑った。

植田恵子は、「気仙沼つばき会」の仲間とともに、ＷＥＢコンテンツのｎｏｔｅで『気仙沼漁師カレンダー』のＰＲを担当した。仕事で東京へ行くことも多い。つばき会の次のテーマであるジェンダーギャップ解消のことは、映像作品にできたらと可能性を模索中だ。

２０２４年10月現在、「気仙沼つばき会」のメンバーは全34名。

２００９年の発足時は旅館やホテルの女将たちが中心だったが、現在はさまざまな職種の人たちが集まっている。女性限定のグループであることだけは変わらず、メンバーの多くが、声が大きくてよく笑う。会則はとくにないが、「代替案もなく反対する人」と「陰で悪口を言う人」は、入会できないのが暗黙のルールだ。

Interview

「写真家と漁師の親和性」や
「気仙沼つばき会」について
歴代の写真家が想いを語る！

10人の写真家インタビュー

藤井保
浅田政志
川島小鳥
竹沢うるま
奥山由之
前康輔
幡野広志
市橋織江
公文健太郎
瀧本幹也

藤井 保

漁師と写真家、〝獲物〟は異なるけれど、一瞬を捉える集中力が必要とされるのはいっしょだなと強く感じた。

――


震災があった時にまず考えたのは、写真家としてなにができるのだろうということでした。もちろん、被災されて大変な思いをされている方の邪魔だけはせずに。

それで、福島へ行くことにしたんです。放射能の問題はあったけれど、僕ぐらいの年代になるとその影響も少ないだろうから、現地でなにが起きているのかを自分の目でたしかめたかった。仕事ではなく、写真家というひとりの人間として見るべきだという気持ちでした。その年のゴールデンウィークに最初に行って、以後、10回ほど通ったでしょうか。でも、仕事や作品にしてはいけないという意識が強かったので、ほぼどこにも発表はしていませんでした。

そんな時に、『気仙沼漁師カレンダー２０１４』の依頼がサン・アドから届いたのです。もっともやらなければいけない仕事だ、そう直感しました。

実は、気仙沼とは以前にもご縁があったんです。１９９２年の仕事なのですが、ＪＲ東日本の「その先の日本へ。」という企画で気仙沼の駅長さんを唐桑地区の海岸で撮影させてもらったことがあって。撮影前のプランでは、穏やかな青い海と澄み渡る青い空というイメージだったのですが、撮影当日は台風が北上してきていて、曇天で、風も強くて、波も荒れていました。（今日の撮影は無理かもしれない……）という空気が現場に漂ったのですが、僕はこの荒れた海を味方につけられないかなと考えました。駅長さんに20秒ほど動かずに岩場に立ってもらってスローシャッターでの撮影。荒れる波は具象から抽象となり、幻想的な風景を撮影することができたのです。

その時から約20年の時を経て、気仙沼でカレンダーのための写真を撮る。

僕は写真家として、風景だとか人の在り方や佇まいそのものが語りかけてくるような一枚を撮りたいと願っています。

言葉で語るのではなくね。『気仙沼漁師カレンダー2014』でも、漁師はもちろん、彼らのうしろにあるもの……たとえば船や海、気仙沼の風景、そして漁師を支える人たちを撮りたいと願いながら、このプロジェクトを始めたのでした。

一番感じたのは、写真家と漁師には共通点があるということ。魚と写真とで〝獲物〟は異なるけれど、一瞬を捉える集中力が必要とされるのはいっしょだなと強く感じたのです。

そして、漁師も写真家も自然が相手だということも。ビルの中の机の前に座ったままではなくて、自然の中で現場に立って、そこで起きることをどう味方につけて、いかに対応していくか。その点も共通していました。

気仙沼では、魅力的な漁師さんたちを撮影させてもらったのですが、とくにお世話になったのが、僕らの年のカレンダーの4月に掲載させてもらった佐々木（夫一）船頭。たしか、半日ぐらいの漁だったんだけど、僕とアシスタント2人の計3人を船に乗せてもらって。やっぱり、大切なのは現場でした。頭の中の想像と、現場での体感はまったく違う。佐々木船頭は魚を獲るという仕事中だし、僕も写真を撮るという仕事中だから、お互いに会話はない。けれど、なにか伝わるものがあった。漁という現場で、目に見えるものを見せてもらうだけじゃなく、目には見えないものを伝えてくれた佐々木船頭には、心から感謝しています。

漁師さん以外の気仙沼の思い出でいえば、やっぱり、「気仙沼つばき会」のメンバーですね。とくに、カレンダーの発起人である斉藤和枝さんと小野寺紀子さんのエネルギーに満ちたモチベーションに、いかにリターンしていくか。そのことはずっと頭と心にあった気がします。そもそも僕は、どんな撮影でも、言われたとおりに合格点だけの仕事をするつもりはなくて、常にそれ以上のことを目指します。『気仙沼漁師カレンダー2014』でも、そのスタイルでした。

結果として、僕が（これぞ！）と思う写真と、彼女たちの理想としていた写真とで、意見が合わなかった部分もありました。でもそれは、お互いがそれぞれの立場で真剣に写真と向き合ったから。僕は僕で全力でぶつかって、彼女たちも最後まで自分たちの想いを貫いた。それはそれで、ものすごくよかったことだといまでも思っています。

しかも、彼女たちが目標を達成して『気仙沼漁師カレンダー』の10作を完成させたあとで、斉藤さんと小野寺さんがサン・アドへ挨拶に来てくださったんです。「最初の1作が素晴らしかったからこそ、10年続けられました」と。その言葉だけで充分でした。うれしくて、ふたりと固い握手を交わしたのもいい思い出です。

浅田政志

撮影させてもらった漁師さんが、写真を時々見返してくれていたのなら、これほどうれしいことはありません。

——

僕が生まれ育ったのは、三重県津市の伊勢湾にほど近いところで、小舟を操る漁師さんが身近な存在でした。でも、同じように海が近いといっても、気仙沼の漁師はスケールが違いました。大きな船で遠洋に行くし、船に乗りこんでいた人数も多かったですから。ベテラン船頭に昔の武勇伝もお聞きしたんですけど「なんだかんだ言ったって、外国じゃあ腹巻きが一番安全！」と大金を忍ばせていただとか、会話のスケールが大きくておもしろかったです。

正直に言うと、なにをおっしゃっているかわからない人もいました。でも、言葉なんてわからなくても、船で働いているところを撮っていると迫力が伝わってくる。たとえば、手が違う。漁師さんの手は、暑かろうが寒かろうが魚をずっと獲り続けてきたから、いろんな意味でぶ厚かったです。

「出船おくり」も印象的でした。

あんなにきれいな紙テープを見たことがなかったし、出来事としてかっこよかった。漁師さんからしたら、あれだけ盛大に見送ってもらえたら、獲れるかどうかはまだわからなくても「絶対、獲るぞ！」っていう意気込みがものすごく湧くのだろうなぁと想像しました。

普段の僕は、セットアップ写真と呼ばれる撮影方法で、演出を加えています。日常を切り取るスナップ写真ではないわけです。でも、『気仙沼漁師カレンダー２０１６』の撮影は、仕事中の漁師さんを撮影するわけで、完全なセットアップ写真は難しいなと想像しました。だから、セットアップ写真とスナップ写真の中間ぐらいのイメージだったんですけど、そういう普段と違う撮影方法もおもしろかったです。ねじり鉢巻が印象的な船頭がいらしたんですけど、その方は、ちょっぴり演出して何度か締め直してもらったりして、イメージしていた中間ぐらいの撮影方法だったと思います。

漁師と写真家を比較するとしたら、まず、感じたのはその違いでした。こんなにも専門職があって、チームで漁を続けているなんて知りませんでしたから。機関長の方も撮影させてもらったんですけど、ものすごい音と暑さのなかで黙々と作業されていて。その点は写真家と違うんだなと思ったんです。漁師さんはチームプレーで、大きな家族のように、船という家で食べるも寝るも遊ぶも、いろんなことをわかちあう。写真はやっぱりひとりでやるものなので、そこまでの熱いつながりはない。大きな違いでした。

共通点として感じたのは、漁師さんは「獲る」で写真家は「撮る」ということ。漢字では違うけど、言葉としては同じ「とる」という共通点があると思うのですが、「獲る」も「撮る」も、動物的な勘が求められるはず。写真家の場合なら、たとえば歩いていたとして、この先の突き当たりを右に行くか左を選ぶかで出会えるものがまったく変わる。いい写真を撮れる人は、動物的な勘でその選択を間違えない。

写真家は表現として撮影しているので特殊なのですが、もっと普遍的な〝写真の意味〟みたいなものってなんなのだろうと考えることがあります。

震災の時、僕は写真洗浄のボランティアを経験しました。その時に痛感したのは、芸術的な写真が被災されていたみなさんの力になれたかというと「?」で、みなさんそれぞれが日常でなにげなく撮った家族の思い出の写真のほうが、前を向く勇気を与えていたのではということ。うまかろうが下手だろうが関係なくて、目をつぶっていようが背景がボケていようがどうでもいい。

そうじゃなくて、ことあるごとに見返したくなる写真。その写真といっしょに人生を歩いていくような写真。実は、写真の力はそこにある気がしていて、そのために僕がおすすめしているのが、プリントアウトした写真をフォトスタンドに入れたりアルバムを作ったりすること。携帯の中の写真とはまた違う見返し方ができると思います。

そういう意味では、『気仙沼漁師カレンダー2016』って、見返すという感覚ではないけど、1か月間も〝見続けてもらえる〟メディアでした。

気仙沼のどこに飾られるのだろうかとか、日本全国のいろんなところで「気仙沼の漁師さんが獲った魚を食べてみたいな」と思ってもらえたらうれしいなとか、撮影前後によく考えていました。いま想うのは、僕が撮影させてもらったカレンダーに載った漁師さんが、暦としてはもう使えないのに写真として捨てられなくて、本棚にしまって時々見返してくれていたのなら。ひとりの写真家としても一枚の写真としても、これほどうれしいことはありません。

川島小鳥

『気仙沼漁師カレンダー2017』は、有難いという言葉が一番似合う撮影だったと感じています。

――

写真のテーマはいつも決めないんです。

まずは撮影を始めてしまって、出会った人や場所から、進むべき方向のようなものを考えたり、感じたりしていくので。『未来ちゃん』は佐渡島で、『明星』は台湾という場所だったんですけど、それぞれの場所であの人たちを撮影したからこそ、うまれたなにかがあったはずなんですよね。

『気仙沼漁師カレンダー2017』もそうで、もしもひとりで気仙沼へ行っていたら、ああいう写真は絶対に撮れていないと思う。カレンダーとは別の撮影で仲よくなった（小野寺）紀子さんをはじめとする、「気仙沼つばき会」さんといっしょだからこそ撮れた写真というか、漁師さんが彼女たちを信頼していたから撮れた写真でした。

撮影をしていくうちに、漁師と写真家ってけっこう違うものかなと感じていました。漁師さんたちは食べるという、生きるのに欠かせないものを命がけで獲っていらっしゃる。写真のお仕事は、基本的には衣食足りてはじめてできることですから。もちろん、命をかけて撮影をしている方もいるでしょうけど、少なくとも僕はそういうタイプではない。でも、だからこそ、この撮影では自分の役割について考えました。

漁師カレンダーでの僕は、漁師さんの魅力を伝える係なんじゃないか。せっかくそんな係をやらせてもらえるのなら、仕事というオンの時間だけでなく、生活というオフの時間も撮影して残しておきたい。漁師さんは、もう既に存在としてかっこいいので、それだけじゃなくて、たとえばお風呂に入っているところも撮れたのはよかったですね。記録するというのも、写真のもつ大きな意味だと思いますから。

漁師さんの撮影は緊張感がありました。朝は早いし、仕事現場も過酷。写真家が、いくら魅力を伝える係なのだとしても、過酷な仕事の邪魔をしてはいけない。でも、撮らないわけにはいかないという緊張感です。

その感覚は緊張とはまた違うものでした。

ある時期までの僕は、撮影でものすごく緊張をしてしまって、ピントが合っていないなどの失敗ばかりをしていたんです。そういう失敗が何度かあった時に、(こんなの全然意味ないな)と心底嫌になったんです。緊張するぐらいだったら、いい写真を撮ったほうがどう考えたっていい。じゃあ、どうするか。それまでは「緊張する、緊張する」と口に出していたんですけど、それからは言葉にすること自体をやめました。そしたら緊張することもなくなっていって。そういう意味で、漁師カレンダーの現場でも緊張感はありましたけど、緊張はしませんでした。

もし、気仙沼で漁師さんを被写体として写真集を撮るのなら、住んじゃうと思います。

「気仙沼つばき会」の紀子さんの家の近所に住んで、だらだらと撮影を重ねる気がします。許されるのなら、船に乗せてもらって、そのまま旅に出ちゃったりもして。紀子さんは、人としてめちゃめちゃ好きなタイプです。パワフルで、表と裏がなくて、笑顔が太陽みたいで。だから、漁師さんも信用してくれているのではないでしょうか。

そんな紀子さんをはじめとする「気仙沼つばき会」さんとの仕事は、とても楽しかったです。オファーをいただく撮影で、僕があまりうれしくないパターンは「お任せで」なんですけど、「気仙沼つばき会」さんは、お任せどころか〝推し〟がありまくりでしたから。

表紙の漁師さんたちもそうでしたし、ご自宅でお孫さんといっしょに撮影させてもらった船頭がいたんですけど、その方も「気仙沼つばき会」〝推し〟でした。彼女たちにとってのスーパーヒーローが漁師さんなわけで、そういう人たちの〝推し〟って嘘がない。だから信用できる。信用しながら撮影できていたから、楽しかったと振り返れるのだと思います。

そして、有難い仕事でもありました。「記録するというのも、写真のもつ大きな意味」だと言いましたが、東日本大震災の時に、すぐに被災地へ行った写真家の方が何人もいましたよね。でも、自分は、その時には行けていないという、うしろめたさのような感情がやっぱりどこかにありましたから。

でも、『気仙沼漁師カレンダー』のおかげで、2016年の3月と7月の2回も撮影できるご縁をいただけて、写真を撮ることができた。しかも、「気仙沼つばき会」さんのおかげで、その人がその人らしい瞬間に立ち会わせてもらえました。そういう意味でも、僕にとっての『気仙沼漁師カレンダー2017』は、有難いという言葉が一番似合う撮影だったと感じています。

竹沢うるま

ものを作る上で、覚悟のある人たちが
中心にいてくれることは非常に重要。
だからこそ、10年も続けられたのだと思う。

―

東日本大震災の時、僕はブラジルにいました。その後、コロンビアの空港に移動したら津波の映像が流れていて、これはいつもの地震とは違うぞと感じて、作品撮りの旅の途中でしたけど、理屈じゃなく直感で戻ろうと。日本になるべく早く帰れる便で戻って、1週間後には南三陸へ行きました。写真は撮りましたが、発表はしていません。

そんな経緯もあり、『気仙沼漁師カレンダー』のオファーをもらった時に「撮ります」と即答はしていないんですけど、プロデューサーの竹内（順平）さんのお話を聞いてるうちに、このカレンダーは前を向くためのものにしたいのだなと強く感じたんです。過去を振り返るんじゃなくてね。10年続けるという想いにも共感できました。

気仙沼での撮影時に思い描いていたテーマは、「生きる」ということでした。人間がきちんと生きていれば大地の一部であり、人間も大地と呼べるのではというテーマです。撮影初日、「眠ってるライオンはライオンじゃないですよね」と竹内さんに言ったのも、このテーマと地続きのものでした。

果たして、撮影させてもらった気仙沼の漁師は、きちんと人間でした。写真家として、撮りたくなる表情をしていた。世界各国共通なことに感じるんですけど、自然に近いところで生きている人たちは、考え方がシンプルです。気仙沼の漁師さんは「撮っていいですか？」「おう、いいよ」と。「お前は誰だ？」なんてやりとりを必要としない。世界を旅していた頃に出会ったペルーのジャングルでカピバラを獲ってる民族や、ボリビアでワニを獲ってた人たちに通じる懐かしさでした。妙な駆け引きがない。

漁師と写真家の共通点は、あるようでないんじゃないかな。探せばあるんでしょうけど、やっぱり、写真は人間の本質ではないので。魚もそうですけど、食べものは獲らないと生きていけないわけですよね。もちろん、表現も人間としてとても大切な行為だけれど、生きるか死ぬかって時に、食べるか表現かだったら、答えは明快ですから。

「気仙沼つばき会」とのやりとりで印象的だったのは、一度受け止めてくれた上での返答や行動だったことです。僕はけっこう無茶なことをお願いしたんですよ。現地に入ってから急に「あれ乗りたい」「これ乗りたい」「こういう漁はないんですか?」って。でも、つばき会の人たちは、決してないがしろにはしなかった。「無理です」と否定から入らずに「とりあえず、やってみましょう!」でしたから。

〝起きているライオン〟を撮るために、とにかく、船に乗って海に出てみたかったのかもしれません。

僕は水中カメラマンからキャリアをスタートさせています。写真集の『Walkabout』『BOUNDARY』でも海の撮影をしている。とくに好きなのが、水面を撮影することなんです。水面って、水中から見ても、上空から見ても常に揺れ動くもの。風が吹けばその風に合わせて水面の形も変わるし、ものが落ちてくれば波紋がうまれるし、寒ければ凍って、暑ければ蒸発する。それに、誰がどんな心持ちで撮影するかによって、水面の表情も変わるんです。その人の揺らぎがちゃんと映る。そんな水面のことが代表的ですけど、海と人間はシンクロする部分があるというのが、僕の個人的な想いでもあります。

『気仙沼漁師カレンダー2018』の表紙も海の写真でした。デザイナーの北田(進吾)さんが選んでくれた一枚なんですけど、竹内さんは「津波を想起させてつらい思いをさせてしまうのではないか?」と心配されていたようです。

個人的には賭けかもしれないとは思っていました。別のクライアント仕事だったら、こういう場合のリスク回避はよくある話ですから。でも僕は、つばき会さんだったら、海や津波を否定することがないのではとも思っていました。海を否定することはできないし、津波を経験してしまったからこそ『気仙沼漁師カレンダー』がうまれたとも言えるし、それでも海と生きていく覚悟のようなものを感じていたからです。

僕も含めてですけど、「気仙沼つばき会」は知らず知らずのうちに「ちゃんと取り組みたいな」と、かかわる人たちに思わせてくれる存在でした。「気仙沼の漁師の魅力を伝えたい」という想いがあった。いや、もしかしたら想いだけならほかにも抱いていた方はいたかもしれないけど、「カレンダーを作って10年続ける」と具体的に覚悟を結んでいた。

ものを作る上で、覚悟のある人たちが中心にいてくれるというのは、非常に重要なことです。だからこそ『気仙沼漁師カレンダー』は、10年も続けられたのだと思います。

奥山由之

漁師という生命の息吹のような存在を
目の当たりにできたことが忘れられない。
その機会をいただけたのが、ありがたかった。

――

僕が撮影にうかがった2017年は、まだ震災から6年くらいだったので、普段の撮影とはまったく違う緊張感を抱いていた記憶が鮮明にあります。もうだいぶ前のことなのに、自分でも不思議です。

個人的な話になってしまうのですが、僕は東日本大震災がなかったら写真家になっていないんです。あの日、東京の表参道駅の地下にいて、ものすごく揺れて命の危険を感じました。その時、たとえ僕の肉体が滅んだとしても、なにかを残したいと強烈に感じて、それで選んだのが写真でした。カレンダーだから特別なことをしようとは、あまり考えませんでした。船にも乗せてもらえたので、いまシャッターを押すんだと感じたものをまずは撮ること。ちゃんと写真を撮ってちゃんと帰ってくるんだと考えていただけでした。

ところが、僕は酔い止め薬がぜんぜん効かずに、船酔いがずっとひどかったんですよ。酔っているので、本当は握ってはいけない船のパーツ……熱いところを触ってしまって火傷してしまったりもして。船って乗りさえすれば目的地に着くわけじゃないんだな、自分は船に乗ることすらちゃんとできないんだな、と感じたことも印象に残っています。

言葉にするとチープになってしまうのですが、漁師さんからは、やはり野性を感じました。そもそも、海に囲まれて仕事をしているというのがすごい。時に美しく、時に凶暴な、海という自然環境が職場なのですから、舗装された道路やきれいなビルで生活している僕らとは、まったく違う野性の本能を常に働かせているのではと。撮影を始めてしばらくしてからは、漁師という仕事をしている人を撮るってことじゃないんだなと思いました。そうじゃなくて、僕らとはまったく生き物としての野性度が異なる、漁師という名の生き物を撮ろうと。ただ、漁師さんに撮影されていることを極力意識させたくありませんでした。できれば、自分も乗組員のひとりのような存在になれたらとさえ願っていたんです。実際はどうだったのでしょうか。もしも漁師さんに「あいつは写真家という仕事をしているやつじゃなくて、写真家という名の生き物なんだな」と感じてもらえていたなら、とても光栄です。

写真家と漁師は似ているところがあると思います。たとえば、第六感といわれるような、感覚でなにかを掴み取ろうとしている部分。船頭として一線でやられている方は、レーダーに映る魚影などの科学的なデータも重視されるんでしょうけど、そこよりもさらに先のレベルにいこうとしたら、技術や理屈を超えなきゃ無理なんじゃないかと想像しました。変な話なんですけど、魚の気持ちすら想像して、天候や海にも集中して、視覚や聴覚や嗅覚じゃない第六感で獲っているんじゃないかって。ある取材で僕は『カメラマンはキャッチャーで世界がピッチャー』と言ったことがあるんですね。つまり、カメラマンは受け手であると。それでいうと、漁師さんも受け手ではないかと思うんです。『気仙沼漁師カレンダー』では、海から投げられているボールをキャッチしようとしている漁師さんがいて、その漁師さんから投げられているボールをキャッチしようとしている僕がいたような気がします。

漁師さん以外では、安波山からの定点撮影が印象的でした。僕より以前に撮影されていた方の写真も見ていて、その変化から、人の力ってすごいなと感じていたんです。実際に気仙沼に行く前は「元どおりにする」とか「復興」とかの言葉で捉えているところがあったのだと思います。ところが、安波山から一望できる気仙沼の町を見た時に、元どおりにというより、いまを全力で生きて、自分たちの新しい人生や、新たな町の歴史をみんなで作っていこうとしてるのではと感じたんです。

もちろん、安波山からは引きの景色なので、もっと寄った個々の日常のひとコマでは亡くなってしまった方を弔うお気持ちをみなさん持ってらっしゃると思うんです。だからこそ、安波山からの引きの景色から感じた、気仙沼の町全体が未来に向かおうとしている姿は、僕の目には前向きに映ったし、それを写真に収めたつもりです。

「気仙沼つばき会」のみなさんは、愛というものがどういうものかを、とても感じる生き方をされていると思いました。そして、とても誠実でした。

個人的には、漁師さんという生命の息吹のような存在を目の当たりにできたこと自体が忘れられない経験ですし、そういう機会をいただけたのが、とてもありがたかったです。あとにも先にも『気仙沼漁師カレンダー』と同じような感覚になる撮影は、ありませんでしたから。

前 康輔

漁師と写真家には、思いどおりにならないものをつかまえる仕事という共通点があるように思う。

『気仙沼漁師カレンダー2020』の撮影依頼が届いた瞬間は、飛び上がるぐらいのうれしさと、ふさぎ込みたくなるぐらいの怖さが半分半分でした。

怖さは、ふたつの要因があったのだと思います。ひとつは、『気仙沼漁師カレンダー』に限らずなのですが、自分がいいと思う写真を撮れるか否か、約束されていないという怖さ。もうひとつは、『気仙沼漁師カレンダー』ならではのもので、5作目までの写真家たちに負けたくないという想いからです。

プロデューサーの竹内順平さんから「10年続けることが目標」と聞いたのですが、僕がちょうど折り返しである6作目でした。僕以前の5作品は錚々《そうそう》たる写真家が担当されているわけで、竹内さんが過去作を見せてくれても、薄目でちらりとしか見ないようにして。影響を受けたくないというより、ほかの方の写真よりも、見つめ直すのは自分の写真だと感じたからです。

となると、自分の武器みたいなものを見つめ直さざるを得なかったのですが、〝バランス〟なのかなと思いました。カレンダーは使用される写真点数に限りがあるので、強い写真は絶対にほしい。いっぽうで、ドキュメント力というのか、僕が普段の仕事でも大切にしている、その現場だからこそのコミュニケーションの果てに撮れたような一枚。強さ弱さでいえば弱いかもしれないけれど、人間らしさが詰まっているような写真も絶対に撮りたい。それらふたつの方向性の写真をバランスよく混在できたらと考えました。

そういう意味では、「気仙沼つばき会」さんのおかげで、カツオ船に乗れたのは大きな出来事でした。

2泊3日の旅のように漁師さんたちといっしょにすごせたなかで、カツオの一本釣りという強い写真が撮れましたから。撮影前の打ち合わせで「こういう写真を撮ってみたいんだけど？」と相談しても、6作目ということで、既にほかの方が撮られていたりしたんです。これは過酷な現場に挑戦するしかないなと肚をくくっていたんですけど、カツオ船での撮影は誰もやっていなかった。乗れるとなった時は本当にうれしかったですし、絶対に船酔いしないようにしなきゃなと、各種酔い止め薬をもれなく試しました。

写真として強くはないかもしれないけど、人間らしい漁師さんの撮影を目指した理由は、僕のバックボーンともリンクするのかもしれません。瀬戸内海に面した広島市出身の僕は、祖父や従兄弟など身近に漁師がたくさんいるんです。ちっちゃい舟でクルマエビを獲っていたり、海の仕事と民宿業などのほかの仕事を両立させていたり。そういう方たちへの敬意がありました。大きな船で勝負している漁師さんも素晴らしいし、小さな舟で四季を感じながら喜怒哀楽を重ねている漁師さんも魅力的なはず。こちらも、「気仙沼つばき会」さんのキャスティングのおかげで、小さな舟で頑張っている漁師さんを撮影することができました。

バランスを目指した撮影で、大きな船でも、小さな舟でも、両者に共通していると感じた漁師さんらしさは、強さと弱さがあからさまにあるところです。

強さは、僕らが3日で音を上げるような仕事を毎日のようにやり続けているんですから、そりゃあ、強いですよね。でも、弱さもやっぱりあって、携帯がつながんなきゃ暇だし、海から陸に帰ってきたらスナックに行ってママが歌う演歌に慰められるという人もいて。でも、そういう弱さをまったく隠さない人が多かったのも印象的でした。強さと弱さがあからさまにあるって、人間として素敵だなと。

そんな漁師さんと写真家の共通点でいえば、僕はあるように感じます。両者ともに、思いどおりにならないものをつかまえる仕事ですから。写真家としての僕は作り込むタイプではなくて、キャッチするタイプなんですね。そうすると、思いどおりにならないというのが前提なので、撮影前日にアシスタントが「明日は雨みたいですね」と教えてくれただけで、もうダメなんです。それは言わないでくれと。撮影時に雨が降っていたらそれはもう仕方がないことで、その時に対応するもの。前日はフラットでいたいからです。

実は、何枚かの写真の掲載に関して、僕と「気仙沼つばき会」さんとで意見の相違がありました。強くないほうの写真についての相違だったんですけど、手紙を書くなどして想いを伝えて全写真の掲載がOKとなったのはうれしかったです。いっぽうで「気仙沼つばき会」さんの意向もあったはずなので、「あの時は生意気言ってすみませんでした」と、紙面をお借りして謝罪させていただければ幸いです。

幡野広志

ひとつのテーマを10作にわたって別々の写真家が撮り続ける——貴重なプロジェクトだったことは間違いない。

足を引っ張りたくない。

『気仙沼漁師カレンダー2021』のオファーをいただいた時に、真っ先に思い浮かんだ言葉がこれでした。僕の前に6人の写真家が携わっていて、僕のあとにも3人が続いていく。バトンのようなものを託されたわけで、自分の回で足を引っ張ったり、迷惑をかけるわけにはいかない、と。

その反面、自分がどれぐらいこのメンバーに通用するんだろうと、挑むような気持ちもありました。だから、やると決めた時には、時間で攻めようと。とにかく時間をかけて量を撮る。量を撮れば質がうまれる。そうでもしないと、僕以前の歴代の写真家の方に、肩を並べられないと思ったので。

撮影はハードでした。とにかく、集合時間が早い。「気仙沼つばき会」の方とプロデューサーの竹内順平さんとで会食をした夜があって、その時は11時ぐらいまでごいっしょしたんです。「ところで明日は何時からですか?」と竹内さんに聞いたら「2時です」。僕が「PM?」と尋ねると「AMです」と。(3時間後じゃん!)と驚きましたけど、それぐらい漁師さんは朝が早かったり、深夜から仕事をされているんだなと。以後は、漁師時間に備えるよう気をつけました。

そして、寒さ。『気仙沼漁師カレンダー2021』の撮影で量を撮ろうと決めた僕は、冬2回、春と夏に1回ずつの計4回、気仙沼を訪れました。2回の冬は、船そのものが凍っているかのようで、本当に寒かった。体感温度が陸と海とではまったく違う。風が体温を奪っていく。

気仙沼での撮影は、鉄砲をかついで山で狩猟をしていた頃を思い出しました。僕を含めて、山の狩猟者のほとんどは趣味ですから、仕事として成り立っている漁師さんの海の狩りがどんなものなのかという興味がありました。

すると、「お金を払ってでもやりたい」と多くの方が口を揃えたのがメカジキの突きん棒漁でした。基本的にはふたり

1組で、ひとりが船を走らせてひとりが銛《もり》を投げて突くんですけど、感動するし、興奮すると。アドレナリンが出るのでしょう。人間の本能のようなものは、山も海も、趣味もプロも、あまり関係がないのだなと学べました。

狩猟と漁ではなく、漁師と写真家との比較ならば、僕は近いものがあるなと感じています。それは、対魚、対被写体ということでの近さではなくて、道具についてです。造船所で働く方の撮影と取材をさせてもらってより感じたのですが、漁師さんは船を心底大切にされている。大切にするのは、漁師さんは船がないとなにもできないからで、写真家もカメラがないとなにもできない。しかも、そのメンテナンスを漁師さんは造船所に、我々はカメラメーカーにと他者に委ねている点も共通している。もちろん、船という道具はそこで生活をして、かつ、命を預ける場所でもあるわけで、重みは違うのですが、近い存在ではあると感じました。

今回は撮影だけでなく文章も担当したので、漁師さんといろんなことが話せたのも得難い経験でした。タラ漁をひとりでやっている方の船に同乗させてもらったんですけど、「漁師＝寡黙」というイメージを根底から覆してくれた方でした。こちらとしては（怒鳴られたらどうしよう？）とビクビクしていたのに、１匹獲れるたびに笑顔になられて、タラを見せて写真を撮りやすくしてくれて。おそらく、漁師になって何万匹も獲ってきただろうに、毎回、はじめての１匹のように喜んでいたのが印象的でした。

そういうコミュニケーションがあったからか、出会った漁師さんたちから、いろんな魚をもらえたんですよね。カツオを１匹もらったり、イカや小さなマンボウをもらったり。カツオは「気仙沼つばき会」のメンバーがやっている「鶴亀食堂」でお刺身にしてもらったんですけど、小さなマンボウは食べ方がわかりませんでした。船の上でイカを「食べるか？」ともらってかじりついたんですけど、人生で最高においしいイカだった。その流れでマンボウももらったんですけど、かぶりつくのかなと思いつつ、どうやって食べるのかわからずに漁が終わってしまって。いまだに正解を知りません。

『気仙沼漁師カレンダー２０２１』の撮影から４年。現在の僕は写真について教えることもあるのですが、写真や美術系の仕事を目指している人は、全員見たほうがいい作品群だと思います。ひとりの写真家が10年続けてなにかを撮った作品は存在しても、ひとつのテーマを10作にわたって別々の写真家が撮り続けたものはなかなか存在しない。自分も参加させてもらったので言いづらいところもありますが、貴重なプロジェクトであったことは間違いないと思います。

市橋織江

みんなで作っていく感覚が楽しくて、一生の宝物といってもいい大切なカレンダーが作れたと感謝している。

―――

父親が新潟県の佐渡島出身なので、親戚にザ・漁師という感じの人もいたんです。ただ、漁師の世界をここまでちゃんと見たのは、今回の撮影がはじめてのことでした。

撮影前の想像では、漁師さんはもっと怖いと思っていました。命にかかわる仕事だし、船の上だといろいろなルールがあるでしょうし、部外者が勝手に来ておいて、写真を撮るのは相手からしたら迷惑でしょうから。カメラを向けただけで怒鳴られるんじゃないかとも思っていたんですけど、一切それはなかったです。むしろ、みなさんがやさしかった。それはたぶん、私よりも前の過去7作で、「気仙沼つばき会」さんとプロデューサーの竹内（順平）さんが積み上げてきた信頼関係がしっかりとあったからだと思います。

漁師さんの印象は、仕事に対してすごくまじめだということ。漁が終わったあとの網の修理を見せてもらって、複数人で作業されるんですけど、役割分担がきっちりしていてチームプレーが徹底されていました。

その印象も含めて、写真家との共通点はあると感じます。職人的な部分や、仕事に誇りを持っているところは、近しいものがある。でも、たとえば災害があった時に写真が世の中に必要かといえば、そうではないですよね。この点は人によると思うので自分に絞ると（写真って世の中に必要なのだろうか？）と疑問に感じることがあるんです。漁師は命に近いところで仕事をしているから、そこに対する自信は、私よりも強いのではと想像しました。

撮影期間中は、新型コロナウイルス感染症の影響がありました。予定していた撮影が延期にもなりました。一番考えたのは、マスクしている方の撮影はなるべく避けようということ。カレンダーとして残るものなのに、みんながマスクしているのはよくないと思ったからです。でも、漁師さんはほとんどマスクしていなかったので、ありがたかったですね。

2回の撮影があったんですけど、1回目の時は、決定的な瞬間を狙おうとしていました。過去のカレンダーでも決定的な瞬間を狙った写真が多かったですし、漁といえばそうだよなあとも思って。「気仙沼つばき会」さんには、「毎日、船に乗せてください」とお願いしました。漁師さんはやさしかったですし、漁に同行して楽しいし、決定的瞬間を狙っているしで、がんがん撮れるんです。でも、そうやって撮っていてもまだ最終的になにを目指しているのかが見えなくて、東京に戻って暗室で写真を焼いてみて（あ、こういうことか！）と納得ができたんですよね。自分が撮れば自分らしいものになるんだな。じゃあ、なにを撮ってもいいんだな。決定的じゃなくても、なにげない瞬間でもいいのかもしれない、と。

結局、私の写真は、スナップだと思うんです。

2回目の撮影がとくにそれを意識したんですけど、アポイントのある撮影だけでなく、車で移動をして偶然出会えた人など、とにかくたくさん動いて写真を撮ろうと決めました。

その狙いで撮影できた方が、けっこう多いんです。表紙の5人の漁師さんもそうですし、2月の雪道を散歩している佐々木清則さんという70歳の漁師さんもそう。

11月に掲載させてもらった大島のワカメ漁師の方は、実は、2回目でようやく撮影させてもらったんです。初日は雪の日で、ほとんどの漁師さんは休んでいるのにこの人は働いていて（出会えた！）と思って撮影をお願いしたんですけど、断られてしまって。シャイな方だったんです。それで、翌日も大島へ行ってみたらその方がいて、器材の移動に苦労されていたんですよ。竹内さんがすっと手伝いに行ったら、「写真だけなら」とOKをもらえて撮った一枚でした。本当に写真だけの掲載で、名前を載せちゃダメだったんですけどね。

『気仙沼漁師カレンダー2022』は、スタートから完成するまで、ものすごく手作り感がありました。

デザイナーでアーティストの外山夏緒さんを含めて、みんなで写真を選んだり、ちょっとしたことでも相談して詰めていったり。つばき会さんと気仙沼の人に喜んでもらいたいというのが一番にあったし、カレンダーは1か月見られ続けるもの。写真集とは違うのだから、写真が主役じゃなくていい。むしろ、古い映画のポスターみたいにしたかったのですが、その狙いは実現できていると思います。

個人的にはいままでに体験したことのないプロジェクトでした。つばき会さんと竹内さんの熱意ゆえなのだと思います。ふたつの熱に引っ張られて、みんなで作っていく感覚がすごく楽しくて、一生の宝物といってもいい大切なカレンダーが作れたと感謝しています。

公文健太郎

血が通った写真になった。気仙沼の漁師さんが生きるとはこういうことだと教えてくれている。

——

9作目というのは、かなり意識しました。結局は、気仙沼で漁師さんを撮影するわけで、前の8人の写真家の方がやり尽くしていましたから。だけど、僕はライフワークとして、第1次産業の農業を撮影し続けてきたので、「やっとオファーがきた!」という気持ちのたかぶりもありました。

プロデューサーの竹内（順平）さんとの初期の打ち合わせでは、日めくりカレンダーを作ってみたいと提案しました。まだ誰もやっていなかったですし、単純におもしろそうだなと。竹内さんものってくれて、見積もりをとってくれたのですが、予算面でどうしても折り合わず残念ながら実現できませんでした。

次にイメージしたのは「人と風景」です。やはり、カレンダーであるということがポイントでした。1か月間、誰かの家に僕の写真を飾ってもらえたとして、なにを感じてもらえるのか。農業を撮影していた時から「人と風景」はテーマのひとつだったのですが、このプロジェクトでも「漁師と風景」で勝負したいと考えました。

同じ第1次産業でも、農家と漁師では、人としてのタイプが異なります。ひとことで言えば、農家の方はシャイで、漁師はキップがよくて威勢がいい。こちらがバーンっていけばいけちゃう感じ。その違いってなんなのでしょう。土が育てる人と、海が育てる人との違いなのか。

違いで言えば、漁師と写真家は近いと思います。「魚を獲ってこい!」と言われるのと、「写真を撮ってこい!」って、ものすごく似ていますよね。

写真家にもいろんなタイプがいるんですけど、最近、同業者の友人から「公文くんは旅人じゃないよね?」と指摘されたんです。彼の言わんとしていることは、旅というのは、もっとゆったりと楽しむものだと。ところが、僕の場合は、撮りたい写真の目的ありきで、そのためにパッと行ってパッと撮って帰ってくるイメージがあると。なるほどな、僕の旅はそうなのかもなと思ったのですが、実はこの点も漁師と似ていると思うんです。ゆったりと海でのんびりしていて、気がむいた時に魚を獲る人は漁師じゃないですよね？　魚を獲るという目的ありきで、海に出るのが漁師だと思いますから。

実は、気仙沼にはご縁がありました。

カレンダー撮影よりも昔のご縁です。

写真集『暦川』のあとがきに書いたんですけど、東日本大震災の時、僕はブラジルのリオデジャネイロにいました。町角のカフェの小さなテレビに津波の映像が流れた瞬間、カフェ全体が音を失ったことをいまでも鮮明に覚えています。それで帰国して、すぐに被災地へ向かったんですけど、ほとんどなにも撮影できませんでした。

その時、はじめて訪ねた被災地が気仙沼でした。支援物資を届けるならばまず知り合いからだと思って、気仙沼市の日本料理店「宮登」を訪ねたんです。そのお店の若女将が同窓生という縁があったからでした。

撮れなかった理由は、自分が日本に目を向けていなかったというか、日本についても、東北についても、なにも知らないという無力感でした。いや、無力感じゃないな。こんなんじゃダメだと、ものすごく思ったんです。日本にとって大きな出来事なのに、自分が写真家として残すべきものが見出せないということがとてつもなくショックでした。

それまでは、ネパールやブラジルといった海外に目を向けていたのですが、これからは日本に目を向けようと決めて。ならば第1次産業だろうと、『耕す人』や『暦川』という写真集で、農家の方を撮影していくようになったんです。そういうご縁もあったので、『気仙沼漁師カレンダー』は「やっとオファーがきた！」と、気持ちがたかぶっていたのです。

カレンダー作りを終えて感じたことは、「1日として同じ日はない」でした。デザイナーのアイデアで、暦部分の数字を登場する漁師さんに書いてもらっていたので、たとえば2月の「十四」日と6月の「十四」日はまったく違います。

しかも、登場する写真には、まっすぐな視線で奥さんの手料理を食べている漁師さんや、「ヨッ！」と手を上げて喜んでいるように見えるタイや、水揚げが終わった午後の市場で空っぽになってきれいに並べられた水槽などが写っている。

最初のテーマは「漁師と風景」でしたが、もっと血が通った写真になったというか、なんだか、生きるとはこういうことだって伝えてくれている気がして。だとするなら、写真に撮ったのは僕かもしれないんですけど、気仙沼の漁師さんが、カレンダーをとおして教えてくれているのだと思います。

瀧本幹也

撮影そのものも、偶然の出来事も含め『気仙沼漁師カレンダー』では、人の原点のようなものと出会えた。

―

師匠である藤井保さんからスタートしているプロジェクトですから、『気仙沼漁師カレンダー』のこれまでの流れは、もちろん知っていました。プロデューサーの竹内（順平）さんは「自由に撮ってください」と言ってくれたんですけど（いやいや、そんなに自由はないぞ）というのが本音でした。普段の撮影だったら、オファーがきた時点でイメージがわくことも多いのですが、これはちょっと困ったなと。でも、「漁師と船」というテーマを竹内さんに提案されて腑に落ちるものがありました。

気仙沼での最初の撮影が、中舘捷夫船頭という豪快な方で、笑顔が抜群によかったんです。愛想笑いじゃない、まっすぐな笑顔で。震災の被害を受けた気仙沼という場所で撮る意味は、やっぱり笑顔なんだろうなと思いましたし、堂々としたポートレイトを撮ろうと決めました。

撮影の技法で感じたのは、漁師と写真家は似ている点があるということ。一本釣りの漁師と網を仕掛けて獲る漁師とでは、作戦が違いますよね？　僕の写真の撮り方にも作戦があって、たとえば写真集の『ＳＩＧＨＴＳＥＥＩＮＧ』では、世界各地の観光地に三脚を立てて4×5（シノゴ）と呼ばれる大判のカメラを構えて、何時間も待って撮るという作戦だったんです。

ロシアの赤の広場にも行ったんですけど、お土産としてマトリョーシカを売っているところがあったので、そこに三脚を立てて待っていたら、たまたま、デンマークのオモチャメーカー「ＬＥＧＯ」のショッピングバッグを手にしたご婦人が通られたんですよ。そこに「ＬＥＧＯ」の袋を持って立ってくださいという演出ではなく、あくまでも偶然というのがおもしろくて、シャッターを切りました。僕は漁のことについて詳しくないので、これが「一本釣り」と「網の漁」のどちらに近いのかはわからないのですが、作戦を立てて写真や魚の成果を得るという行為は、似ていると感じました。

気仙沼の撮影での偶然でいえば、「唐桑」という土地の名前がふと気になった瞬間がありました。その日の撮影が親子で漁師をされている唐桑の方たちで、「気仙沼つばき会」のアテンド担当が唐桑出身の鈴木アユミさんだったからか「そういえば、唐桑半島って?」と思い出したのです。

師匠の藤井保さんが「その先の日本へ。」という広告のシリーズで、1992年に唐桑半島で撮影した写真があるんです。台風が近づいていて天候に恵まれないなか、気仙沼駅長に岩場に立ってもらったというその写真に衝撃を受けて、僕は弟子入りを決めていました。グーグルマップと鈴木さんの土地勘で、まったく同じ場所にたどり着くことができて。

たとえば、建築家のル・コルビュジエの作品を見に行った時に妄想するのですが、いま僕が立っているところに100年前のコルビュジエがいたのかもしれない。そんな〝妄想コルビュジエ視線〟で建物を眺めると、だからあういうR(丸み)をつけているのかなと想像できるんです。

唐桑半島のその場所でも、〝妄想藤井保視線〟で岩場と海を見て……悪天候でも撮影しようと思った理由はこういうことかなと想像しながら、自分が被写体となってセルフポートレイトを撮影しました。藤井さんと同じ景色を見られたというのは、やっぱり、グッとくるものがありました。「その先の日本へ。」というシリーズの唐桑での写真を見て、僕は自分の人生のその先を目指したわけですから。

撮影を終えたいま想うのは、漁師さんは、まっすぐだったなということ。なにかの事情があったと思うんですけど、ある撮影で、ひとりの漁師さんが帰っちゃったんですよ。僕はその人の行動をまっすぐだなと感じました。一般的な社会では嫌でも我慢してやらなきゃいけないことってあると思うんですけど、その人は嫌だ、だから帰るって、まっすぐに行動しただけだと感じたから。まったく嫌な気持ちになんてならず、むしろ、清々しささえ覚えました。

そして、つばき会の人たちもまっすぐでした。『気仙沼漁師カレンダー2014』では、意見のすれ違いがあったそうですけれど、僕の10作目が完成したあとで、斉藤(和枝)さんと小野寺(紀子)さんは、藤井さんに挨拶に行っている。10年以上もたっているから、(ま、いっか)と流してしまう人たちも多いと思うんですけど、彼女たちはきちんと筋を通した。まっすぐで素敵だなと思いました。

撮影そのものも、偶然付随した出来事も全部含めて『気仙沼漁師カレンダー2024』では、人の原点のようなものと出会えた気がしています。

あとがき

２０２４年6月11日、私は秀ノ山雷五郎像を見るために、気仙沼駅発のＢＲＴ（Bus Rapid Transit）に乗り、最寄りの陸前階上《りくぜんはしかみ》駅を目指していた。

『気仙沼漁師カレンダー２０１４』で、写真家・藤井保と「気仙沼つばき会」で意見の相違があった象徴のような一枚が秀ノ山雷五郎像だ。２０１６年版から漁師のインタビューと原稿を担当した私は、当時のエピソードを彼女たちから聞いていたが、俄然興味をそそられたのは、本書取材時に、サン・アドのプロデューサー・坂東美和子から見せてもらった写真だった。

写真といっても、Ａ４のコピー用紙にプリントされた資料用で画質はよくなかった。それでも、藤井がインタビュー中に語っていた「僕としては、漁師と横綱っていうのは同じ気仙沼の象徴じゃないかという気持ちで撮った。ものすごくいい霧も立ち込めてくれた」ということが伝わってくるものだった。簡単に言うと、かっこよかった。

ＢＲＴは、約20分後に陸前階上駅へ到着する。

ところが、粗忽者《そこつもの》である私は、ＢＲＴの車両を降りるや、自分がしでかしたことに気づく。携帯のグーグルマップで確認した徒歩5分との情報は隣のアイコンとの勘違いであり、実際は車で5分。陸前階上駅の近くにタクシー乗り場はない。

仕方がないので、〝本当は徒歩35分〟の道のりを歩き始める。

田園地帯を突っ切るように伸びた一本道をゆっくりと歩く。

基本的に車は走っていないけれど、時折思い出したかのように農家の車などが私を通りこしていく。

歩き始めて30分ほどがたった頃、左手前方に見覚えのある建物が現れた。

「気仙沼市東日本大震災遺構・伝承館」だ。宮城県気仙沼向洋高等学校旧校舎を震災遺構として、地震と津波の爪痕を当時のままに残している施設であり、２０２０年版の3月に文章を掲載するための取材で訪れたことがあった。閉館時間が迫っていたので、立ち寄れずに進む。

果たして、秀ノ山雷五郎像の近くには、団体客の中学生たちが集まっていた。しかし、70人ほどの生徒たちのお目当ては、秀ノ山雷五郎像のほど近くにある「岩井崎」。波の高い日は岸壁に打ちつけられた波が舞う「吹き潮」が壮観らしく、中学生はそちらに夢中だ。

貸切状態でいよいよ対面した秀ノ山雷五郎像は、正直に書くと微妙だった。

期待しすぎたともいえる。記念碑というものは、偉業を讃えるものであって、人を感動させることが目的ではない。でもだからこそ、再確認できたのは写真の力だ。11年前のこの場所に想いをはせると、道も整備されておらず、たどり着くことすら簡単ではなかったはずだ。にもかかわらず、藤井はこの力士像に漁師との接点を見出し、天候を味方につけて、あの一枚を撮影していたことに改めて敬意を抱いた。

『気仙沼漁師カレンダー』プロデューサーの竹内順平から、漁師へのインタビューのオファーが届いたのは、2015年のことだった。その時既に「10年継続する」との目標を聞かされていたけれど、私だけが翌年以降も任せてもらえるとは想像していなかった。写真家とデザイナーは、毎回新しい人選でお願いすると聞いていたからだ。

嫌だったはずがない。むしろ、強烈なやりがいを感じていた。その頃の私は、芸人をはじめとするエンターテインメント業界のインタビューから、市井の人々の取材へと足場を移行している時期だった。そこへ、漁師のインタビュー。興味を感じないわけがない。

そしてなにしろ、「気仙沼つばき会」が魅力的な人たちだった。個々のエピソードは本章に記しているが、カレンダーに携わった9年を振り返って不思議だったのは、彼女たちをクライアントだと思ったことが一度もなかったことだ。日本が誇る写真家たちといっしょにすごいものをうみだしている〝共犯者〟に近い関係性だったのだと思う。

もうひとつ不思議だったのは「ほかにどんな仕事をしているんですか？」などと、彼女たちから聞かれたことが、誰からも一度もなかったということ。おそらく、彼女たちは東京での私の経歴には興味がなかったのだと思う。そんなことよりも『気仙沼漁師カレンダー』のインタビューで、なにを聞いてどう書くかに注目してくれていた。

過去の経歴はどうでもいいという感覚は、漁師のインタビュー時にも感じたことだ。

（で？　いま俺の目の前にいるお前は、いったいなにが聞きたいの？）

そう問われているような緊張感が、漁師のインタビューにはあった。

取材を重ねるうちに、私の漁師観も更新されていく。更新されたのは、「言葉の力」についてだった。「寡黙」というパブリックイメージどおりの方も多かったが、とくに、船頭や機関長といった人の上に立つ漁師たちの言葉には独自の美学があった。

集英社ノンフィクション編集部の宮崎幸二から、本書のオファーが届いたのは、２０２３年10月のことだった。写真家たち、ふたりのプロデューサー、漁師、そして「気仙沼つばき会」メンバーを新たに取材することで、なぜ『気仙沼漁師カレンダー』は10年継続の目標を実現できたのかに迫ろうとする企画が興味深かった。

なぜ、10年も継続できたのか。その答えは複合的で、だからこそ1冊の書籍に成ったのだと思う。本書が成るためのチャンスを与えてくれた竹内順平と宮崎幸二に最大級の感謝の念を捧げたい。そのうえで、やっぱり最後は「気仙沼つばき会」のふたりの会長の言葉で終わろうと思う。本編には書ききれなかったけれど、彼女たちの人柄と「気仙沼つばき会」の〝会柄〟が伝わる言葉である。

「〝だけんど〟じゃなくて、〝やっぺ〟ですよ」（髙橋和江）

「縁に突然はないと思うんです」（斉藤和枝）

２０２４年11月　東京・祐天寺の事務所にて　唐澤和也

参考文献

・『藤井保と仕事の周辺』（六耀社、２０００年）
・藤井 保『ＡＫＡＲＩ』（リトル・モア、２００５年）
・小山宙哉『宇宙兄弟⑤』（講談社、２００９年）
・斉藤和枝『おかみのさんま―気仙沼を生き抜く魚問屋3代目・斉藤和枝の記録』（日経ＢＰ、２０１２年）
・浅田政志『家族写真は「」である。』（亜紀書房、２０１３年）
・竹沢うるま『Ｗａｌｋａｂｏｕｔ』（小学館、２０１３年）
・『ブレーン』10月号別冊　伊藤総研責任編集『そこは表現の学校のような場所でした。』（宣伝会議、２０１４年）
・髙橋和江『大人気の悉皆屋さんが教える！　着物まわりのお手入れ　決定版』（河出書房新社、２０１４年）
・川島小鳥『明星』（ナナロク社、２０１４年）
・竹沢うるま『旅情熱帯夜』（実業之日本社、２０１６年）
・『美術手帖』9月号「特集 川島小鳥」（美術出版社、２０１７年）
・市橋織江『ＴＯＷＮ』（パイインターナショナル、２０１７年）
・『ＳＷＩＴＣＨ』ｖｏｌ．37「特集 奥山由之 写真の可能性」（スイッチパブリッシング、２０１９年）
・公文健太郎『暦川』（平凡社、２０１９年）
・藤本智士、浅田政志『アルバムのチカラ 増補版』（赤々舎、２０２０年）
・藤井保、瀧本幹也『藤井保　瀧本幹也　往復書簡　その先へ』（グラフィック社、２０２１年）
・前 康輔『Ｎｅｗ過去』（２０２１年）
・奥山由之『ＢＥＳＴ ＢＥＦＯＲＥ』（青幻舎、２０２２年）
・幡野広志『ラブレター』（ネコノス、２０２２年）
・市橋織江、外山夏緒『サマー アフター サマー』（玄光社、２０２３年）
・瀧本幹也『写真前夜』（玄光社、２０２３年）
・気仙沼つばき会『気仙沼漁師カレンダー』公式ｎｏｔｅ（２０２３年～）

気仙沼つばき会

（全34名　2024年10月17日現在　50音順）

TSUBAKI-KAI

kesennuma, Japan

天澤寛子　猪狩久仁　岩澤律子

岩手佳代子　小野寺紀子　小野寺弘美

小野寺亮子　菅野一代　小柳朋子

斉藤絵未理　斉藤和枝　齋藤和代

斉藤貞子　佐藤恭子　佐藤愛

杉本陽子　鈴木アユミ　髙橋和江

田村恭子　旦まゆみ　千葉可奈子

千葉万里子　中居慶子　西川緑

根岸えま　樋口可南子　廣野香苗

藤井かをり　藤田絵美　松田厚子

村上かよ　村上恵子　守屋美智枝　山本朋子

唐澤和也

からさわ・かずや／1967年、愛知県生まれ。
明治大学卒業後、広告代理店勤務を経てフリーライターに。
単著に『負け犬伝説』『マイク一本、一千万』（ともに、ぴあ）、
企画・構成書に、爆笑問題・太田光自伝『カラス』（小学館）、
田口壮『何苦楚日記』（主婦と生活社）、
森田まさのり『べしゃる漫画家』（集英社）などがある。

装丁_千葉佳子（kasi）
撮影（カバー・表紙・総扉）_岩根 愛
校正_鷗来堂
協力・監修_気仙沼つばき会
協力_竹内順平（BambooCut）
編集_宮崎幸二（集英社）

本書の印税の一部は、気仙沼つばき会の活動に充てられます。

海《うみ》と生《い》きる
「気仙沼《けせんぬま》つばき会《かい》」と
『気仙沼漁師《けせんぬまりょうし》カレンダー』の10年《ねん》

2024年11月30日　第1刷発行

著　者　唐澤和也《からさわかずや》
発行者　樋口尚也
発行所　株式会社　集英社
〒101-8050
東京都千代田区一ツ橋2-5-10
電話　編集部　03-3230-6143
　　　読者係　03-3230-6080
　　　販売部　03-3230-6393（書店専用）

印刷所　大日本印刷株式会社
製本所　ナショナル製本協同組合

ISBN978-4-08-788107-3　C0036